eg

editorial

Die zahlreichen Einsendungen, die uns bis nach Redaktionsschluss regelrecht überschwemmt haben, zeigten es deutlich: Krieg ist ein aktuelles Thema, das viele bewegt und dazu drängt, sich schriftlich zu äußern. Seit dem 11. September, dessen kriegerische Auswirkungen auch die Schweiz nicht unberührt ließen, ist Krieg in allen seinen Facetten ein mehr denn je aktuelles Thema - sei es, dass wir uns in Mitteleuropa neuerdings direkt bedroht fühlen, oder sei es, dass wir uns über die US-Bomben in Afghanistan empört haben.

Kein Auslandteil einer Zeitung und vor allem kein Feuilleton kommt heute um das Thema Krieg herum. Jeder Aspekt, jede Konsequenz, jede Nuance wird genauestens ausgeleuchtet und von Fachleuten kommentiert. Warum also auch noch ein entwürfe-Heft? Krieg ist nicht nur ein aktuelles, sondern auch ein zeitloses Thema. Das westliche Bewusstsein des 20. Jahrhunderts und seine Kultur sind aufs Tiefste geprägt von zwei Kriegen. Mit großem Aufwand wird versucht, die Erinnerung an sie nicht zu verlieren und den betroffenen Generationen Gehör zu verschaffen. Und neben den Kriegen der Schlagzeilen, dem Krieg gegen Terrorismus, dem Indien-Kaschmir-Konflikt, dem Krieg in

Afghanistan und dem blutigen Nahost-Konflikt gibt es zahlreiche ebenso grausame Kriege, die aus der Aktualität und dem medialen Bewusstsein gekippt sind. Es gibt unbekannte Schauplätze und vergessene Erfahrungen, kleine absurde Geschichten und Gedankenspielereien. So sind viele der in diesem Heft publizierten Aufsätze und literarischen Texte unter dem Eindruck des 11. Septembers entstanden. Oft entfernen sie sich aber auch von der politischen Weltbühne und versuchen, den tieferen Ursachen des Krieges auf den Grund zu gehen. Eine große Spannbreite tut sich auf – von den Gedanken Heraklits zu den Gedanken eines jungen Kurdenflüchtlings in der Schweiz, von Überlegungen über die Vermeidung von Konflikten zur Rolle von Religion bei der Entstehung von Konflikten, vom Kriegen im Innern eines Menschen und zwischen zwei Völkern, zwei Nationen, Krieg von der Warte des Beobachters aus und aus der Erfahrung eines direkt Betroffenen.

Irène Speiser, *1959. Lyrik und Essayistik; lebt seit 1983 in New York. Bis 1994 Tätigkeit als Kulturkorrespondentin für das NZZ-Feuilleton. U.a. Publikationen in «ndl» und «drehpunkt». Zuletzt «Buchstabenwalzer», Gedichte, Nimrod-Literaturverlag, Zürich, März, 2001.

Irène Speiser

Manhattan, 11. – 12. September 2001.

Das Wetter ist traumhaft schön, der Himmel kobaltblau, die Luft trocken und kühl. New York, wie man es sich wünscht. Trotzdem, oder gerade deshalb, ein surreales Bild, wir sitzen im Park, auf der Wiese, umgeben von Familien, Hunden, Spaziergängern. Übermorgen ist mein Geburtstermin, und seit heute früh gibt es die Zwillingstürme, die wunderbaren, Geborgenheit stiftenden Zwillingstürme an der Südspitze Manhattans nicht mehr. Eingestürzt, die Menschen darin schlicht aufgelöst. In was für eine Welt wird mein Kind geboren werden? Es fehlen uns die Worte, unsere Fassungslosigkeit auszudrücken, den kriegsgemahnenden Horror der Fernsehbilder als wirklich anzunehmen. Läuft nicht bloß ein Film ab. Die Bürgersteige der Upper West Side sind voll mit Menschen, Bänder betäubt und in konstanter Bewegung, der Asphalt dazwischen hingegen relativ frei von Autos; einzelne Cafés schließen allmählich.

Eine Nachbarin sagt von sich aus, sie wisse, wie ein Kind zur Welt zu bringen sei; sie kennt zwei Frauenärzte in der Nachbarschaft. Eine Beruhigung: Die Telefonleitungen innerhalb Manhattans funktionieren zurzeit kaum, und wer weiß, ob das Krankenhaus reguläre Patienten aufnehmen kann, ob Pflegepersonal da ist. Die Nachrichten sind vorläufig spärlich – das Fernsehen funktioniert, doch möglicherweise weiß man im Ausland mehr. Dafür sehe ich die Rauchwolken von meinem Schreibtisch aus.

Vierundzwanzig Stunden später: Das Fernsehen vermeldet immer wieder, wie ein paar Menschen gerettet werden konnten (ein paar Menschen – ein Glück, und doch eine zynische Zahl), einige Untergrundbahnlinien laufen wieder, wenigstens bis zur 14. Straße. Südlich der Canal Street werden alle Einwohner evakuiert. Das Telefon funktioniert wieder zeitweise: Eine Freundin berichtet mir, man könne den Rauch in Brooklyn riechen, vor ihrer Haustür habe sie Asche vorgefunden. Wenig später dreht sich indessen der Wind, und der Rauch vereinnahmt den Norden der Insel. Und ich höre von einem Freund in der Finanz, wie ein Kollege von ihm vom siebzigsten Stockwerk des WTCs, Tower One, die Treppe heruntergestiegen, und währenddem das Gebäude kollabierte, um sein Leben gelaufen sei. Er wohnt in meinem Block; ich werde ihn wiedersehen. Eine sichere, aufregende Normalität wird es hier so schnell nicht mehr geben.

Christoph Keller, *1963; lebt mit der amerikanischen Lyrikerin Jan Heller Levi in St. Gallen und New York. Zuletzt erschienen: «Im Zustand der Fuge», 2000, Sabon. Im Herbst 2002 erscheint sein neues Buch «Der beste Tänzer» im S. Fischer Verlag. Die hier abgedruckten Stellen sind Auszüge des New Yorker-Tagebuches «Die Inselkathedrale».

Christoph Keller

Die Inselkathedrale

11. September 2001. Es war nach neun, als Donna anrief und die Welt schon eine andere war. Schalt den Fernseher ein, ob ich gehört hätte, was geschehen sei, Flugzeuge, das World Trade Center in Flammen, wo ist Jan? Ich verstand nichts, Donna, die schon die ersten Bilder gesehen hatte, noch weniger, gehört hatte ich erst recht nichts, an der Kreuzung Waverly und 11th St. dröhnten die Pressluftbohrer. Dann sah ich die Bilder selber, Donna noch am Telefon, und verstand noch weniger. Die Türme standen um Viertel nach neun noch, sie fauchten auf, flammten, rauchten, sie hatten etwas Unverträgliches geschluckt und sollten, was sich wohl selbst die Terroristen nur in ihren kühnsten Träumen erhofft hatten, in etwas mehr als einer Stunde fallen, beide, ich glaube, ich sagte zu Donna, Jan ist wohl in Sicherheit, relativer Sicherheit, unterwegs im Zug, steckt aber möglicherweise in ihrem schlimmsten Alptraum, einem lichtlosen Eisenbahnwaggon in einem Tunnel, und dachte: die Montblanc-Toten, der Unfall im Pfändertunnel.

Von diesem Augenblick an lebten wir im Krieg, zumindest in einer vom restlichen New York, der Welt abgesperrten Kriegszone. Oberhalb der 14. Straße, unterhalb der 14. Straße, mit dem St. Vincent-Spital als Hauptquartier der Vermissten und den Zwillingstürmen als Symbol dessen, was jetzt alles nicht mehr ist; zuerst gingen wir denn auch sehen, was es jetzt von jeder Ecke von hier nicht mehr zu sehen gibt, und noch eine Woche danach wende ich mich an jeder Ecke um, ob die Türme wirklich weg sind, und dann habe ich angefangen, auch in die andere Richtung zu sehen, ob wenigstens das Empire State Building noch da ist.

Vorher, nachher. New York, New York. Die Skyline präsentiert sich als allzu simples Suchbild, der Unterschied vom ersten Bild zum zweiten wird von einer Rauchwolke angedeutet. Auf der Straße verkaufen fliegende Händler teuer die letzten Postkarten mit der Skyline «vorher». Jetzt leben wir in einer verletzten Welt, vielmehr in einer Welt, die ihre Verletzung nicht länger verbergen kann, in einer Stadt mit einer Wunde, auf die allerdings täglich undurchdringlichere Pflaster geklebt werden, und schon hört man die Rufe nach den neuen Zwillingstürmen: Höher sollen sie sein, stärker und teurer sowieso.

Die Stadt ist in Trauer, die Gesichter der Toten sind ihr in Form von Luftblättern mit farbkopierten Gesichtern und den dazu gehörenden Namen auf den Leib geschrieben, Mark, Ray, Gennie, die Namen jener, die ich nicht kenne, wiederholen sich, die Gesichter werden mir vertraut, wir teilen die Trauer, ich bin jetzt hier zu Hause. Es sind Pilgerfahrten, die Jan und ich oder auch ich allein jetzt durch unser Quartier unternehmen. Große Vermisstenwände bei St. Vincent, an Telefonkabinen, in Schaufenstern, an Bäumen, Spontankapellen mit einer ständig wechselnden Gemeinde. Der Union Square hat sich in einen Freiluftgottesdienst verwandelt, am Gitter um den Washington Arch, der gerade renoviert wird, sehen mich Hunderte von kopierten Gesichtern an, brennen sich mir ins Herz, brennen die Kerzen und tränen, die Blumen tränen, ein paar Sätze heulen Krieg, die meisten aber flüstern auf großflächige Leintücher geschrieben Liebe, Frieden, Vergebung, auch wenn ich am Abend dann in den Nachrichten Zeuge sein muss, wie verheerend ein einziger kriegslüsterner Satz sein kann, wenn ihn die Kamera aus all den versöhnlichen, ängstlichen Botschaften herauszoomt und «zur Stimmung hier unten» erklärt. Mag das Bohemien-Image des Village auch schon seit Jahrzehnten lieb gewordene Nostalgie sein, das Make-Love-Not-War, Ghandis Auge-um-Auge-macht-die-Welt-blind ist allgegenwärtiger, und um dies nicht gleich wieder zu vergessen, haben wir jetzt die Wunde, für Monate, Jahre.

Jeder fragt, wird gefragt, ob sie oder er okay sei, so okay es eben sein könne, und ob man loved ones vermisse. Vermisster, das ist jetzt hier das Wort für Toter. Wie lange darf man, wie lange muss man hoffen, wann muss man mit dem Hoffen aufhören? Die Stadt blutet. Ich höre, in Ground Zero, wie die Wunde genannt wird, als wolle man schon die Filmversion benennen, gebe es Schachteln mit der Aufschrift Arm, weiblich, Ehering oder einfach: Leber. Jane hat von Arbeitern gesprochen, die in der Weltwunde wühlen und sagen, es rieche jetzt im ganzen Finanzquartier nach verbranntem Fleisch, im Geröll und in den Korridoren, die das Geröll in der Ruine des WTCs geschaffen haben mag, brenne das Feuer, brate alles, auch Menschen, the entire thing is one goddamn grill!.

Ja, Gott, auch «Gott» hat seine Rolle in diesem jetzt sichtbar gewordenen Krieg. Im Namen eines Gottes – eines anderen, oder ist das alles derselbe, weil es ja nur einen geben soll? – krachten wohl die Flugzeuge ins Pentagon, in die Zwillingstürme und beinah ins Weiße Haus, und im Namen eines anderen wird zurückgeschlagen werden: God bless America, die amerikanische Regierung hat den Finger auf dem Knopf und die Hand auf der Bibel. In der Nationalkirche in Washington hat Präsident Bush in seiner Predigt bereits versprochen, uns vom Bösen zu erlösen: It is our duty to rid the world of Evil. Reagan´s Empire of Evil, das jetzt nicht mehr die bösen Russen, sondern Osama bin Laden verkörpert, dem die Amerikaner, als er noch kein Evildoer (Bush) war, halfen, sein zukünftiges Terroristentrainingslager gegen die damals noch – und bald schon wieder? – bösen Russen zu bauen. Überall wird jetzt gebetet, und das ist Teil dessen, was einem jetzt in New York diese gemeinsame Trauer und Hoffnung vermitteln mag, doch jagen einem die Religionen, sobald sie in Flaggen eingewickelt sind, nur noch einen Schrecken ein, dort, wo sie am extremen Ende ein Blutbad rechtfertigen, aber auch hier, wo sich das Wort God als Logo präsentiert, geklebt auf jede Banknote, und sich seine Nennung als product placement anhört, «Gott», mit dem nur der Krieg gerechtfertigt, nein, eben verkauft wird.

Auch das ist aus New York geworden, eine «Gottesstadt»: die Trauer, die Toten, die Kerzen, die Tränen. Die Spiritualität jener, die nur glauben, nicht den Glauben anderer für den Heiligen Krieg zu mobilisieren. Zweifel, dass das Auge-um-Auge-macht-blind Ghandis gegen das Auge-um-Auge der Regierungen etwas auszurichten hat. Gott und Flaggen, Religion und Nationalismus, das war schon immer die tödlichste Kombination, und sie ist jetzt in New York überall anzutreffen. Die Flaggen, die aus den Fenstern gehängt werden, die Flagge im Comestible, im Elektrogeschäft, beim – arabischen – Kioskverkäufer, selbst der Bronze-Buddha im Asiengeschäft schwingt eine, der singende, in Fahnen eingewickelte Obdachlose, der Straßenhändler, der mit Madonnen, Skyline-Postkarten von New York und Plastikfähnchen handelt, der Flaggen-BH, die auf den Mundschutz gemalte Flagge, die fahnenschwingende Armee. In God We Trust steht auf jeder Dollarnote, und jetzt ist Gott gefodert, aufgefordert, das Geld zu verteidigen.

Das erste Buch, das ich danach lese, lesen mag – ich hatte es mir schon «vorher» bei der New York Public Library ausgeliehen –, ist E. L. Doctorow´s City of God: Behind me the financial skyline of lower Manhattan sunlit into an island cathedral, a religioplex, schreibt Doctorow. Die Inselkathedrale, der jetzt die beiden Haupttürme fehlen. Die Stadt Gottes, der Gottesstaat, Augustinus, Doctorow, wir hier, wir überall. An Gott braucht man in diesen Tagen nicht zu glauben, um «dies» jetzt glauben zu wollen. Vielleicht will ich «es» in diesen Tagen. What if there´s no heaven, just a door? Die Hölle jedenfalls hat keine Tür mehr. Auf der Rückseite seines Buches ist Doctorow abgebildet, hinter seiner Stirnglatze wachsen die Zwillingstürme des World Trade Center Buildings in den grauen Himmel von New York City.

17.09.01. Wir sind zuversichtlich, Amerika wird nicht untergehen, we will prevail, die Menschen sind Helden, Superhelden, leisten Übermenschliches ... so bin ich eingeschlafen, Zeuge der Geburt einer neuen Rasse, die aus der Asche des World Trade Centers aufsteigt. Es passt, dass wir am Abend von der sich bereits leer drehenden TV-Berichterstattung zum Discovery-Channel schalten, wo in einer zweistündigen Sendung das Leben der Neandertaler nachgestellt wird, deren Bedrohung auch eine neue Rasse war: der CroMagnon, der erste homo sapiens, bemalt wie ein Indianer – auch das eine unterschwellige Botschaft? –, besser bewaffnet und damit für das Leben in der Welt, die er mitschaffen wird, besser gerüstet.

Hier, in New York City, bin ich Zeuge, wie am 11. September 2001 der neue Mensch, der homo capitalis capitalis geboren wurde, der seinen Besitz, den er unser aller Freiheit nennt, mit noch besseren Keulen verteidigen wird. Wie ich dies schreibe, ist es Montag Morgen, am 17. September 2001, 9.30 Uhr, und ich schreibe dies in die Zwei-Minuten-Stille hinein, die sich Wall Street gönnt, bevor es weitergeht wie gehabt. Wall Street ist optimistisch, vielleicht ist gar mit einem positiven Abschluss zu rechnen. Make no mistake, sagt der Präsident, wie er es so gern sagt, und wenn er es jetzt auch nicht am Fernsehen sagt, so sagt er es doch in meinem Kopf, mein Hirn wird ja ständig mitgewaschen.

Wie wir aufwachen, sind wir Überlebende, wir acht Millionen New Yorker. So steht es in der Zeitung. Heroes, Survivors. Einst brauchte es zum Überlebenden einen Holocaust oder wenigstens die Titanic, doch heute kann das jeder Idiot oder zumindest jeder Idiot, der zur Zeit oder Unzeit in New York war. Saß doch nur hier und hatte Glück. Ein Überlebender ist einer, der aus dem Qualm herauskriecht, aus den Trümmern lebend geborgen werden kann, und die Helden, verdammt noch mal, das sind die Toten. Und wer immer in Ground Zero arbeitet.

Listen to what they tell you to forget, sagt Muriel Rukeyser, die amerikanische Lyrikerin, über die Jan eine Biografie schreibt. Was sie dir jetzt nicht sagen, ist, dass das Land nicht nur Krieg will, das wohl in erschütternder

Mehrheit auch, doch dass der Union Square zum Beispiel ein vom Friedenswunsch beseeltes Meer ist. Die Kamera schwenkt zu den WAR-Schlagzeilen – ich habe es gestern am Kiosk an der Greenwich-Avenue, nicht im Fernsehen gesehen. Die Kamera scannt die WAR-Schlagzeile der New York Post – schwenkt weg vom schon wieder subversiven PEACE, das hier im Village die Stimmung wiedergibt.

18.09.01. Rosh Hashana. In der Mailbox: I watch brazen teen girls in the act of doing – spy on your neighbor – vegas! vegas! vegas! – free greeting-cards.com cards for september 16 – 30, astrology, and a free gift! – increase your penis by 3 – 6" – start your own business today. Mit anderen Worten, die Welt funktioniert wieder.

Nichts Persönliches an diesem Morgen. Es ist wieder Dienstag, der erste «danach», ich sitze wieder allein am Schreibtisch, Jan wieder unterwegs nach Sarah Lawrence. Der Fernseher läuft und meldet, das «es» in genau fünfzehn Minuten vor einer Woche geschehen sei. Auch wir also ein bisschen business-as-usual. Wir schreiben. Ist das nicht unser Job?

Die ersten Araber in den USA wurden getötet, eine online-Zeitung meldet an diesem Morgen vierzig Übergriffe.

Immer wieder der Gedanke: Würde die amerikanische Welt mehr wissen über die restliche Welt, die sie amerikanisiert, wäre das vielleicht nicht geschehen. Make no mistake.

19.09.01. Langsam wird klar, oder wenigstens klarer, wie sich der Wundbrand der Katastrophe verbreitet, die Fluglinien werden Zehntausende entlassen, die Bars und Clubs, sofern sie nicht ganz geschlossen sind, erleiden einen erheblichen Publikumsschwund, Broadway-Tickets sind jetzt wieder zu haben, für die Producers zum Beispiel, wo man jetzt, denke ich zynisch, statt Springtime for Hitler, Springtime for bin Laden zum Besten geben mag, mehr Hotelzimmerabsagen als Zusagen, wie fliegt jetzt einer, der bis anhin täglich geflogen ist? Der Bürgermeister fleht die Leute an, nicht mehr zur Unfallstelle zu pilgern, statt dessen zu kaufen, die Wirtschaft anzukurbeln, wenn ihr etwas für uns tun wollt, kommt, besucht die Stadt, schaut euch die Musicals an.

Für den Samstag seien weitere Anschläge geplant. Ich denke: weg von der Insel; ich denke: Gasmaske, ich will bleiben.

Planen? Willst du Gott zum Lachen bringen, so erzähl ihm von deinen Plänen für morgen.

20.09.01. Heute wird es regnen, soll es eben regnen heute. Die Erschöpfung macht die Knochen, die Sätze schwer. Antiquarisch gekauft: Ivan Bunin, Cursed Days, sein Tagebuch von 1918 – 1922 der Bürgerkriegsjahre in Moskau und Odessa. Bunin in Moskau hatte den konkreten Feind, wir haben ihn nicht. Bunin hatte kein E-mail, kein Internet, noch nicht einmal TV. Mit Glück ein bisschen Radio. Aber wir sehen trotz aller Information den Feind auch nicht. Auf Samstag sind neue Attacken angekündigt, und ich habe das dumpfe Gefühl, dass New York City jetzt nicht «dran war», sondern wieder «dran kommen wird», weil dann die Panik ausbrechen wird. Terroristenlogik? Hau rein, wo du schon reingehauen hast? Wir verstehen überhaupt nichts mehr.

22.09.01. Soll man die Türme wirklich ersetzen? Bereits wird von einem Mahnmal gesprochen, aber ist die Wunde an der Zungenspitze Manhattans nicht Mahnmal genug? Allein sechs Monate solle es dauern, bis aufgeräumt ist. Wenn ein Mahnmal, dann sollte man einen Teil der Trümmer sockeln und auf den Sockel die Namen der Opfer eingravieren. Zwei Konzeptkünstler, die ihr Atelier im WTC hatten, denken an einen verstörend schönen Ersatz: Licht, das in zwei Türmen aus dem Wasser strahlt. Die Skyline wäre symbolisch wieder intakt. Aber brauchen wir jetzt nicht in dieser Welt des Verdeckens, dieser Welt der Oberfläche dringender die Wunde? Und was für ein Symbol wird da wieder errichtet, in zum Himmel strahlender Falschheit? Nein, die Inselkathedrale braucht keine neuen falschen Kathedralentürme. Was immer die Insel verloren hat, es war nicht ihre Kathedrale.

26.09.01. Im Bad fallen die Plättchen von der Wand, der Maurer, ein Mr. Raviolo, schaut es sich an. Wann er wieder kommen könne? Montag. Wann genau? Unmöglich zu sagen. Bis zu drei Stunden kann es jetzt dauern, eine Brücke, ein Tunnel zu durchqueren. Er wohne oben in der Bronx, zigzage seinen Weg durch Querstraßen bis hinab ins Village. Alle Seitenstraßen, in denen es ein Spital oder ein Polizeikommando hat, sind abgesperrt. Ein Kollege, der zwei Blocks unterhalb von Canal Street sein Geschäft hat, muss jedes Mal seinen ganzen Laster durchsuchen lassen, um hineingelassen zu werden. Jetzt ist er pleite, bankrott wegen der Attacke. Keiner werde ihm helfen. Die Wallstreetler an der Stadtgrenze könnten die Rechnungen für die Villen, die sie eben erstellt haben, nicht mehr bezahlen. Oh, das werde weite Wellen ziehen.

Aber die Kinder, Mr. Raviolo, sorgt sich um die Kinder. Schau, hörten wir von Eltern von deren Kindern, die Vögel brennen. Was sie damit meinten, waren die Menschen, die am 11. aus dem WTC sprangen.

«Es geht jetzt erst los», sagt Mr. Raviolo, und ich erwarte eine Hetztirade in der Art, wie wir sie kürzlich erlebt haben: «Nichts, das Amerika jemals falsch gemacht hätte, end of discussion!», und jener Mann ist Akademiker, nicht Maurer, doch so, wie ich mich im Akademiker getäuscht habe, täusche ich mich jetzt im Maurer. Mr. Raviolo sagt: «Weil 1941 keiner Krieg wollte, nannten sie es eine Polizeiaktion, und jetzt nennen sie es einen Krieg.»

Der Maurer sagt, was ich eben in Gore Vidals neuem Essayband The Last Empire gelesen habe: Kriege waren für das kriegsmüde Amerika Polizeiaktionen. Ist jetzt Amerika friedensmüde?

«Erst richtig los geht es, wenn die Bomben fallen.» Wo? «Drüben. Dann schlagen die wieder zurück. Hier. Die Kinder», sagt Mr. Raviolo wieder, der 1941 aus eigener Erfahrung kennt. Er war damals ein Kind. Er hat Angst vor biochemischen Waffen. Am Radio haben wir gehört: Allein in Pennsylvania seien unverhältnismäßig viele Anträge von verdächtigen Personen (sprich: Arabern) gemacht worden, HAZMAT, also «gefährliches Material», also Gift in jeder Form, transportieren zu können. Die schöne Diane

Sawyers von der Good Morning Show hat uns einen schönen Schrecken eingejagt, als sie gesagt hat, dass das Folgende für Kinder vielleicht nicht so geeignet sei, worauf ein Giftexperte einige Horrorszenarien biochemischer Art zum Besten gab, und Diane ankündigte, dass man gleich nach dem Werbeblock – right after these messages – erfahren werde, was man dagegen tun könne.

«Nichts», sagt Mr. Raviolo.

Doch nach dem Werbeblock kommt erst einmal das Wetter (schön), dann wieder ein Werbeblock, dann der Verkehrsbericht (schlecht), dann noch ein Werbeblock (let´s talk germs now, sagt eine züchtig Badende, bevor sie sich noch schöner macht, aber die Keime, die es zu besprechen gilt, sind dann doch keine tödlichen Krankheitserreger), und dann kommt wieder die keimfreie Diane, die einen Bericht über Israel ankündigt, wo wir Hausfrauen beim täglichen Einkaufen zusehen. In diesem Fall füllen sie in ihren Gasmasken nach, was immer man in Gasmasken nachfüllen muss, Gas?

«Dann sollten wir uns vielleicht um unsere Badzimmerplättchen sorgen», sage ich, Mr. Raviolo nickt, er werde am Montag da sein, so früh es bei der jetzigen Lage eben gehe. Lage, nicht Verkehrslage.

27.09.01. Früher begann der Tag wenigstens nur mit einer Schusswunde, heute sind es Meldungen wie diese: Mindestens 14 getötet im Zuger Kantonsrat von einem Amokläufer, der mit der Behandlung seiner Beschwerde (man weiß noch nicht worüber) nicht zufrieden war. Jetzt ist die Zuger Innenstadt auch eine Crime Zone. Es ist nicht im Zusammenhang mit dem, was in New York geschehen ist, geschehen, nur wie kann jetzt etwas nicht im Zusammenhang mit dem stehen, was in New York geschehen ist?

01.10.01 Schönes Datum, drei Nullen, drei Einsen, und nur scheinbar symmetrisch angeordnet. Gerücht, der Sears Tower in Chicago sei letztes Wochenende Ziel einer Terroristenattacke gewesen, die verhindert werden konnte.

Das Fernsehen versucht, einem unentwegt einen Schrecken einzujagen, indem die Moderatorinnen mit Gasmasken herumfuchteln, Landminen mit einem Lächeln demonstrieren, als seien es Prada- oder Calvin Klein-must-Accessoires. Zwischendurch der Justizminister (wieso der Justizminister?), der alle möglichen Attacken, von entführten Amerikanern bis zu biochemischen Angriffen nichts «für ausgeschlossen» hält. Darauf, auf einem anderen Sender, «wir» seien dafür nicht bereit.

Nun, geschehen ist nichts, doch die Angst setzt sich in den Köpfen fest. Andauernd die Versicherung, Amerika werde überdauern, was die Terroristen wollen, sei, uns Angst zu machen, doch Amerika habe keine Angst. Die Terroristen bedienen sich unseres Systems teuflisch geschickt – unsere Passagierflugzeuge werden Bomben, und um uns in Angst zu halten, müssen sie nicht einmal etwas tun: Dafür sorgen unsere Massenmedien mit der ständigen Wiederholung, keine Angst zu haben. Oder ist das nicht das grausame Talent der Terroristen, sondern die Verwundbarkeit unseres Systems?

08.10.01. Angriff auf Afghanistan. New York Post meldet: New York City locked down. Die Meldung ist falsch. Wir sind der Beweis: Wir sind ungehindert in der abgeschlossenen Stadt angekommen. Fast zu ungehindert: nicht eine einzige Kontrolle von Washington bis New York. Es ist jetzt Vorschrift, beim Kauf eines Tickets einen Ausweis vorzulegen, doch wir wurden nach keinem gefragt. Im Penn Station werden wir wegen meines Rollstuhls durch den VIP-Ausgang auf die Straße geschleust. Es ist die Anlieferung, die auch den Madison Square Garden im selben Gebäudekomplex mit Stars bedient. Es stinkt, Abfall, Ratten. Will kein VIP sein.

09.10.01. Zweiter Milzbrandfall in Florida. Das Gebäude der American Media, der die Klatschzeitung National Enquirer angeschlossen ist, wird evakuiert. Immer noch kein Grund zur Panik. Zwei Fälle sind noch immer ein Einzelfall.

11.10.01. Die Terroristenattacke liegt einen Monat zurück, Schweigeminute, die das Fernsehen mit Werbung füllt.

Was hat sich geändert? Bush ist zornig, weil Informationen via Kongress an die Öffentlichkeit drangen. Was darf man wissen? Warum darf man etwas nicht wissen? «Die Wahrheit ist das erste Opfer des Krieges» (Kipling). Was muss man wissen? «Die Wahrheit ist uns so wertvoll, dass wir sie mit Lügen als Bodyguards umgeben» (Churchill). Kann ich mich besser vorbereiten, wenn ich weiß, dass es tatsächlich Dutzende, Hunderte, nicht nur eine Hand voll von Milzbrandfällen gibt? Muss ich Bin Ladens neuester Videoclip wirklich immer wieder sehen, als sei er (nicht J. Lo) der Superstar des 21. Jahrhunderts? Was, wenn die Informationen zurückgehalten werden? Wie bin ich dann kritisch? Soll ich überhaupt kritisch sein? Wie kann ich bedingungslos hinter einer Regierung sein, wenn ich nicht einmal weiß, was sie tut?

Was ist anders als früher? (ungeordnete Auswahl)... Keine Abfalleimer mehr in den Subwaystationen... die Türme werfen keine Schatten mehr... verdächtige Post nicht schütteln: Sie könnte Milzbrandsporen enthalten... Taxifahrer, deren beste Einnahmequellen die Flughafen waren, fürchten sich jetzt dorthin zu fahren (auch über Brücken, durch Tunnels)... Einkaufen ist patriotisch geworden... CNN hat wieder Rekordeinschaltquoten... Irrationales Verhalten ist rational geworden... Es geht einem nicht mehr gut, man ist jetzt okay... Die Welt ist wieder zwei geteilt... Niemand will jetzt mehr im obersten Stockwerk eines Hochhauses wohnen... Man braucht jetzt keinen Grund mehr, um jemanden einfach so mal anzurufen, um zu fragen, wie es geht... Wer mit Nicht-New-Yorkern ein Treffen in New York abmacht, hört erst einmal, lass uns erst mal sehen, was Freitag ist, bevor wir uns Samstag treffen... Wer Babypulver anschaut, denkt an Milzbrand... Wer früher glaubte, jemand sei ihm auf den Fersen, galt früher als paranoid... to be continued.

Der Washington Square Park ist wieder lauter geworden, die Gedenkstätte um den Triumphbogen von der Parkverwaltung weggeräumt, das alles wird von der Stadt archiviert. Beim St. Vincent Hospital ist die Gedenkwand unverändert, das Spital nimmt die Trauer unter seine Fittiche. Wie lange muss man trauern, soll man trauern, um

Menschen, die man gar nicht kennt? Jenem Mark Rosweiler, für dessen Familie Jan Kopien des Vermisstenblattes machen wollte, wird ein grosses Porträt im New York Times Magazine gewidmet, in jedem A Nation Challenged-Bund der Times Miniaturen der Verstorbenen mit Fotos veröffentlicht, das ergäbe ein schönes Buch, ein Buch, das die Trauer, die in der Inselkathedrale herrscht, wiedergäbe.

18.10.01. Es ist kalt geworden. Jeder klagt über Husten, eine Erkältung, die nicht wirklich ausbricht, aber auch nicht wirklich ausheilt. Was atmen wir in Manhattan ein? Noch nach fünf Wochen brennt Ground Zero, raucht die Wunde, verbrennen Trümmer und Menschen. Es ist keine Erkältung, es sind Atembeschwerden. Immerhin, wir wachen wieder mit unseren Büchern auf. Für heute Günter Eich:

Betrachtet die Fingerspitzen, ob sie sich schon verfärben! Eines Tages kommt sie wieder, die ausgerottete Pest. Der Postbote wirft sie als Brief in den rasselnden Kasten, als eine Zuteilung von Heringen liegt sie dir im Teller, die Mutter reicht sie dem Kinde als Brust.

Was tun wir, da niemand mehr lebt von denen, die mit ihr umzugehen wussten?

Wer mit dem Entsetzlichen gut Freund ist, kann seinen Besuch in Ruhe erwarten.

Wir richten uns immer wieder auf das Glück ein, aber es sitzt nicht gern auf unseren Sesseln.

Betrachtet die Fingerspitzen! Wenn sie sich schwarz färben, ist es zu spät.

Christoph Geiser, *1949 in Basel. Abgebrochenes Soziologie-Studium, journalistische Tätigkeit. Seit 1978 freiberuflicher Schriftsteller. 1999 mit einem Stipendium der Stadt Bern sechs Monate in New York. Von April bis September 2000 Stadtschreiber in Dresden. Lebt in Bern. Neueste Veröffentlichungen: «Kahn, Knaben, schnelle Fahrt», eine Fantasie, Nagel & Kimche 1995, «Die Baumeister», eine Fiktion, ib. 1998.

Christoph Geiser

Jetztzeit – oder: Die riskante Kurve

Hätte, überlegten wir uns, Atta, der Attentäter, seine Maschine, das Flugzeug, dieses Zeug, im letzten noch möglichen Augenblick, als Manöver des letzten Augenblicks, wies in der Sprache der Seefahrt heißt, hochgezogen, in den strahlblauen Himmel – im Reflex des Zurückschreckens vorm Aufprall, dieser Wucht der Gewalt – Reflex jedes Steuermanns: Ausweichen! Dem Hindernis, diesem Zeug – doch, fragten wir uns, wohin dann mit dem Zeug? Das den Himmel verschmiert; den stahlblauen; über all dem in den Himmel gewachsenen Zeug – landen hattest du nicht lernen wollen; starten brauchtest du nicht: Die wollen doch alle so hoch hinaus, hinauf, da hinein und hinauf, in die x-te Etage womöglich, um dort, nackt & mit Boxhandschuhen womöglich – und – schon hätten wir den Augenblick, den letzten, verpasst; die Kurve gekratzt, die riskante. Hände am Steuer; nicht Autopilot in dem Augenblick; versteinten Gesichts.

Ein Kurz-Schluss. Fremd-Körper zwischen den Polen. Der Plus und Minus kurzschließt. Die Übermittlung der Börsendaten in Jetztzeit, lesen wir, wird – jetzt – unterbrochen. Die Börsendaten vor Augen in dem Augenblick? Die Jungfraun vom Paradies? Das Paradies? Die Unterbrechung der Jetztzeit. Mönch am Meer, in dem Augenblick. Gesichtslose Gestalt, hinter sich die äußerste Zungenspitze kaum mehr festen Lands – Schiff, das in die Ewigkeit zu fahren scheint –, vor sich die entgrenzten Elemente; grenzenlos, entfesselt; fast nichts Unterscheidbares mehr; Trugbilder. Eine Erscheinung, zwischen den Horizonten, die kippen? Gott? Roter Riese, Weißer Zwerg, Schwarzes Loch. Pergamon-Fries. Das Desaster der Körper-Teile. Nicht mehr zu restaurieren. Grauer, lichtloser Schrott. Ein ästhetisches Desaster. Ground Zero: Als wärs zum Gedenken an Hiroshima & Nagasaki. Das Grounding der Giganten – ein Bild für den Klassenkampf, lesen wir, über die christlichen Festtage verbunkert mit Peter Weiss «Ästhetik des Widerstands» zur Unzeit, diesem Desaster aller Diskurse des Widerstandes in Jetztzeit, Desaster des Widerstandes!, in unsrer lichtlosen, wie konspirativen Berliner Hinterhaus-Wohnung – nicht angeschrieben sind wir, noch nicht ausgeschrieben – ein gigantisches Desaster! Ambulance-Desaster, Car-Desaster, Tuna-Fish-Desaster, Black&White-Desaster, Electric-Chair-Desaster in einem. Das Desaster der Jetztzeit als Ästhetik des Widerstandes in Jetztzeit. Andy Warhol: ein Kurz-Schluss. Die Ästhetik des Desasters als Widerstand; und 's wär womöglich der letzte noch mögliche in dem Augenblick –

Die Ästhetisierung des Elektrischen Stuhls, in Variationen & in Serie. Die Ästhetik Hollywoods als Reality-TV.

Und realiter – ja, wer wetzt da & jetzt – was sollte er sonst denn, als wetzen, soweit es nur die Schicklichkeit erlaubt: Über der Stirn, auf dem sorgsam pomadisierten Haar, die Sonnenbrille, die elegante, schwarze, lichtschützende, denn der Septemberhimmel, wir sagtens, ist strahlend. Ein strahlender Tag! In der Hand das Aktenköfferchen, das minimale, schmale. Das Hemd ist nicht mehr zu retten, das weiße. Der Anzug: ruiniert. Ascheregen. Pompeji. Das brennt womöglich Löcher in die Jetztzeit. Die Lackschühchen? Der Termin? Das Geschäft? Verbrannt! Alle Termingeschäfte verbrannt. Break! Sozusagen. In der Jetztzeit. News Break. Aus dem Tag wird nichts, dem strahlenden. Es werden keine Austern gegessen heut, egal welchen Stils, nackt & mit Boxhandschuhen, in der x-ten Etage, denn die x-te Etage gibt es nicht mehr. Staub! Ascheregen. Dreck. Desgusting! Nicht Panik im Gesichtsausdruck des hier im Augenblick des Entwetzens festgehaltenen Brokers, Entsetzen nicht, nicht einmal Schrecken: nur Desgust. Die spezifisch anglosäxische Form von Dégout. Ekel. Vorm Dreck. Keine Nausée. Es graust ihm – ohne Grauen. Phantasiellos. Kein Vorstellungsvermögen für das Grauen, keine An-Schauung vom Grauen, nur ja nichts anschauen jetzt, ohne Anschauung entwetzt. Seine Anschauung?

In God we trust? Weils auf jedem Geldschein steht? Und 's würd durch Wiederholung, in Serie quasi, glaubhafter? Denn 's wär die Welt-Währung schlicht? Die Anschauungen des hier in einer Staubwolke vorm Staub-Sturm in vergleichsweis kleinen Schrittchen & wie in Rücklage, soweits nur die Schicklichkeit erlaubt, entwetzenden Borkers, Desgust im Gesicht, interessieren uns nicht; möge er sie für sich & seinesgleichen behalten, auf seinem vergleichweis winzigen Eiland, dem locker (vom Hocker) gebauten, entwetzt; verschont verschone er uns, den vielfältigen Rest der Welt, mit seiner Einfalt; seinem Eiland; seiner Welt-Währung; der Übermittlung von Börsendaten in Jetztzeit.

Eine Woche lang, wissen wir mittlerweil, wird er uns, den Rest der Welt, verschonen mit Jetztzeit. Ein Loch in der Jetztzeit. Der Countdown der Schweigeminuten. Und – danach? Danach?!

Der Braun vom Staub wie verschneit, das Antlitz unterm Helm vor Erschöpfung entspannt, auf der Photographie zum Denkmal versteint – da sitzt er und schläft noch im Sitzen. Traumlos, gedankenlos, bewusstlos. Das Gesicht in die Hand gestützt, das freundliche, schöne, entspannte. Der Schlaf der Vernunft, der vernünftige. Da gibts nichts mehr zu träumen. Zu retten? Was noch zu retten ist... aufräumen vor allem; nach allem. Immer wir, gell? Am Ende seid doch immer ihr dran, als Helden, die letzten noch möglichen. Solln sie doch aufpassen, Herrgottnochmal... meinst du nicht? Kleinkriminelle abknallen, in Variationen & in Serie, im Stress der Fangquoten (von Rambo Rudi verordnet), aber kein Sicherheitsdispositiv für die Türme; so ungeheure Türme hinknalln, leichthin: Und jetzt sind sie hin. Es kann doch immer wat 'runterfalln! Kluge Köpfe, meinst du, schützen sich, im Schlaf der Vernunft noch unterm Helm – und so sollte halt, wer permanent Krieg führt gegen Hütten, und wärs auch ein einfältiges Bombardement mit Börsendaten in Jetztzeit, sich vorsehen, damit seine Paläste nicht abbrennen, womöglich wie urplötzlich, aus heiterem Himmel und bis auf den Grund. Wozu denn, fragst du dich? Im Schönheits-Schlaf der Vernunft? Gibt es zum Beispiel... frag nicht!... die Nudelsuppe? Angezapft, als Kost-Probe, womöglich von Mama Bin Laden; wozu gibts Wanzen aller Arten; Geruchs-Proben fürn Spürhund; Einwohnerkontrollen in schweizerischer Manier(lichkeit); Meldepflicht, kontinental-europäisch. Fragen... frag nicht lang!... Gehören oder gehörten Sie je einer terroristischen Vereinigung an? Iuauso! Natürlich nicht.

Ja, wozu denn gibts... frag nicht! Schlaf!... Spotlights? Schlafentzug... wach auf!... Lügendetektoren? Strom? Strom... träum nicht! Schlaf!... denn... schon lässt Erich grüßen; vom roten Wedding; ich lieb euch doch alle! Und/oder Berija. Von jenseits des Schlafes, die Briederchen!, wie Ungeheuer ausm Schwarzen Licht, wos mutmaßlich weder heiß ist noch kalt. Der eine altershalber dahin geraten schlussendlich – schlauer Fuchs, der noch den Dachs legt (nicht aber den DAX) –, umständehalber der andere: standrechtlich.

Ist euch doch nicht so unbekannt da drüben, McCarthy zumindest ... dir?! Nicht im Traum, schöner Feuerwehrmann! Schlaf! Ein Desaster halt, wie so viele – künftige – auch. In God we trust?

Berlin, am 31. Dezember 2001

Peter Lanz, * 1957; lebt mit seiner Familie in Bern, schreibt Lyrik und Prosa. Einzelne Veröffentlichungen in «Der Bund» und «entwürfe für literatur». Im Februar 2000 erschien im Nimrod-Verlag Zürich sein Lyrik-Band «wohin das licht geht».

Peter Lanz

World Trade Cardiologie

jeder Gedanke, der in die Welt gesetzt wird,
sucht seinen Körper –
nichts und niemand kann verhindern,
dass er ihn findet –
Hiroshima
war ein Gedanke,
Auschwitz
war ein Gedanke (...)

ja! – die Pulsschläge der Zivilisationen
werden von Digitalherzen getaktet,
die Drehbuchpartituren finden
wie von selbst zu ihren Orchestern,
in den Hangars wird nicht lange geprobt –
die, die die Werke
zum Erklingen bringen,
sind ausschließlich Virtuosen –
sie spielen ab Blatt –
am Blattrand endet ihr Auge –

aber die Symbole sind randvoll von Menschen,
das merkt, wer außerhalb steht,
erst,
wenn sie fallen –

nun – auf einen Hungernden braucht man nicht
mit Flugzeugen zu zielen,
man hält ihn – um ihn zum Einsturz zu bringen –
ganz einfach
über die kritische Sekunde hinaus
fern –
es ist leicht, sein Verenden zu übersehen,
es gibt keinen Knall, bevor er hinsinkt,
die Rauchwolke seiner Seele ist
durchsichtig –

eine Relativierung
ist ein Gedanke –

möge der Mund, der ihn ausspricht,
ins Stottern geraten –
angesichts Hungernder,
angesichts von Symbolen –
möge das Hirn, das ihn denkt,
einem Leib zugehören,
in dem, was ihn antreibt,
analog schlägt –

es lebe die Extrasystole! –
es lebe das
sterbliche
Herz!

Bern, 12. September 2001

Peter Stamm, *1963; lebt in Zürich und arbeitet in Winterthur als Journalist und Schriftsteller. Schrieb von 1993 bis 1995 rund 300 Texte für den Nebelspalter. Letzte Veröffentlichung: «Ungefähre Landschaft», Arche-Verlag, Zürich/Hamburg 2001.

Peter Stamm

Schauplätze

Tschetschenien

Ein Mann liegt auf dem Boden neben einem zerstörten Haus. Vielleicht ist das Haus nicht zerstört. Dem Mann fehlt ein Bein. Er liegt auf dem Boden, und da, wo das eine Bein sein sollte, ist nichts. Das Bein ist nicht da.

Er hat das Bein eben verloren. Der Mann schaut in die Kamera. Er lächelt. Es ist ein erstauntes Lächeln, als habe er nicht verstanden, was geschehen ist. Er zündet sich eine Zigarette an. Er raucht die Zigarette.

Der Fotograf steht vor dem Mann, der eben sein Bein verloren hat, vielleicht durch eine Mine, durch eine Handgranate, ein Artilleriegeschoss. Er macht ein paar Bilder. Vielleicht schaut er sich um, wo das Bein geblieben ist. Diese seltsamen Lektionen: Wenn man sich einen Finger abschneidet oder eine Hand, muss der Finger, die Hand mitgenommen werden, am besten auf Eis gelegt. Was sagt man zu einem Mann, der eben sein Bein verloren hat? Vielleicht hat der Fotograf ihm die Zigarette gegeben. Was sagt ein Mann, der eben ein Bein verloren hat?

Vielleicht bleibt der Fotograf da stehen, bis der Mann verblutet ist, vielleicht geht er gleich weiter. Er kann nichts tun, und vermutlich haben die beiden keine gemeinsame Sprache. Ein Lächeln, eine Zigarette, vielleicht raucht der Fotograf auch. Ein kurzer Moment der Stille. Beide sind noch etwas verwirrt von der Explosion, die sie überrascht hat.

In der Nähe ist eine Straße. Dort steht das Auto des Fotografen. Seine Schuhe sind schmutzig vom Schlamm. Er wird den Schlamm, bevor er ins Auto steigt, notdürftig mit einem herumliegenden Stück Holz entfernen.

Ruanda

Als alles schon vorüber war, als die Zahlen endlich zu wachsen aufhörten, fuhr ein Zug durch den ruandischen Dschungel. Man hatte zuvor kaum Bilder gesehen. Nur von wachsenden Zahlen gelesen und von abgeschnittenen Gruppen in den Wäldern, von zehn oder hundert tausend Flüchtlingen, die man irgendwo vermutete.

Der Zug fuhr sehr langsam durch den Wald, der gar nicht so anders aussah als unser Wald. Auf dem Bahndamm saßen Menschen. Es war, als warteten sie auf den Zug, aber als er kam, standen sie nicht auf.

Vieles weiß ich nicht mehr. Nur dass irgendwann eine Ärztin ein Lied sang und dazu Harmonika spielte. Ich glaube, es war eine Französin, und sie sang ein französisches Lied und um sie herum saßen Kinder. Und dass im Wald nach Menschen gesucht wurde. Nach lebenden, die sich versteckt hatten, und nach Toten, um sie zu begraben.

Aber am meisten erstaunte mich, das weiß ich noch, dass der Wald gar nicht wie ein Urwald aussah, sondern wie einer unserer Wälder.

Bea Schilling, *1944 in Biel BE. Sie lebt und arbeitet vorwiegend in Zürich. Letzte Veröffentlichung: «Zwölf kleine Pilgerreisen in Sachen Liebe», Gazzetta Pro Litteris.

Bea Schilling

Herbsttage in Taschkent

Njet

Es ist groß, rund, silbern und glänzt am Himmel oben – was ist das? Njet, Dummkopf, das ist kein Mond, sondern die Satellitenschüssel auf dem Balkon meines Zimmers. Das ist auch nicht mein Zimmer, sondern die Stube von Lydia und Pjotr, die sie mir während dreier Wochen zur Verfügung stellten, indem sie die fetten Polsterstühle an die Wände rückten, den Tisch zur Seite schoben, den Diwan, den westöstlichen, auszogen und das Bärenfell, das abgeschabte, darüberbreiteten. Njet, Dummkopf, kein echtes Bärenfell, sondern die Plüschdecke mit dem Bärensujet, drei Jungbären auf einer nordischen Kiefer, dazu ein Fels, ein Wasserfall, ein sibirischer Himmel. Fünf Dollar die Nacht, Frühstück inbegriffen. Das Frühstück findet am Küchentisch statt, wie überhaupt das Leben von Lydia und Pjotr jetzt in der Küche stattfindet, seit sie den Gast aus dem Westen einquartiert haben. Njet kann ich sagen, womit mein russischer Wortschatz zur Hälfte aufgebraucht ist, aber Njet hilft auch nicht viel. Lydia, die zur Sowjetzeit umgesiedelte Uralrussin, beharrt darauf, alles mit Hammelfett oder Baumwollöl zu durchtränken, Plov, Grütze, Bratkartoffeln, Teigtaschen, in denen die zum Hammelfett gehörigen Fleischbällchen verpackt sind. Njet sage ich, und Njet Problema sagt Lydia und gießt seelenruhig ihr Öl in die Pfanne. Ob all dem haben wir uns gern bekommen. Auch Pjotr ist mir ans Herz gewachsen mitsamt seinem ukrainischen Bärengebrumm, mit dem er mich allnächtlich empfängt, wenn ich die mehrfach gesicherte Wohnungstür von außen nicht aufkriege.

Amir Timur

Die Wohnung ist in einem vor sich hin bröckelnden Block gelegen, unweit vom Stadtpark von Taschkent. Mitten im Stadtpark sitzt ein steinerner Mann auf einem steinernen Pferd auf einem steinernen Sockel. Zurzeit heißt dieser Mann Amir Timur, der erlauchte Emir Timur, den ich aus meinem Geschichtsbuch als Tamerlan den Schrecklichen kenne. Vor ihm waren Marx und Lenin auf dem Sockel, noch früher andere. Die Stadt hat zweitausend Jahre Vergangenheit, eine rasante Gegenwart und einen vitalen Glauben an ihre Zukunft. Sie hat orientalische Viertel, einen riesigen Bazaar, sowjetische Prachtstraßen, Plattenbauten, moderne Wahrzeichen für mir unbekannte Wahrheiten, eine leistungsfähige Metro für ihre zweieinhalb Millionen Einwohner, sie beherbergt Usbeken, Russen, Tadschiken, Afghanen, Kasachen, Tataren, Kirgisen, Koreaner, Ukrainer, Turkmenen, Armenier, Uiguren und einige wenige Europäer. Diese sind meistens Geschäftsleute, die in überaus teuren Hotels logieren. Ich glaube nicht, dass es in Taschkent ein Hotelbett unter vierzig Dollar gibt, und bin froh, dass mir meine Freundin Katja, die seit Jahren usbekische Tänze sammelt, mit Leib und Seele sammelt und tanzt, bis der Tanz ganz in sie eingedrungen und in ihr aufgegangen ist, dass mir die tanzbesessene Katja den abgewetzten Diwan bei Pjotr und Lydia organisiert hat. Wenn Lydia nicht aufhören will mit ihrem Hammelfett, rufe ich Katja an und sage ihr, sie solle Lydia anrufen und ihr sagen, sie solle doch bitte vom Hammelfett lassen. Dies umso mehr als das Toilettenpapier immer noch von sowjetischer Machart und proletarischer Rauheit ist. Zehn Jahre ist es her, seit die Sowjets abgezogen sind und Usbekistan eine unabhängige Republik ist. Wobei der seitherige Präsident, Islam Karimow, seinerzeit Generalsekretär der usbekischen Kommunistischen Partei, als ausgesprochener Hardliner gilt. Manch einem will scheinen, ein Bock sei da zum Gärtner gemacht, ein Teufel mit dem Beelzebub ausgetrieben worden. Und doch, wenn in der Abenddämmerung die Lichtlein in der Prachtsallee zu flimmern und zu blinken beginnen, wenn die Polizisten ihre Knüppel schwingen und die Kreuzungen leerfegen, wenn dann die Limousine des Präsidenten in Windeseile vorüberrauscht, dann lehnt sich Katja jedes Mal weit aus dem Fenster ihrer kleinen Hochhauswohnung und strahlt: Hast du ihn gesehen? Das war der Präsident.

Auch schon mal gegen Kasparow gespielt?

Zur Verdauung spaziere ich in den Stadtpark, wo ich gelegentlich den Schachspielern zuschaue. Sie sitzen auf den Bänken, das Brett neben sich, und warten auf einen Mitspieler. Wenn die Sonne ein Stück weit gewandert ist, wechseln sie die Bank, wie die Zeiger einer Uhr sind sie, jetzt zeigen sie auf zwei Uhr nachmittags, es ist September, immer noch dreiunddreißig Grad warm. Der Himmel ist blau, kein Wölklein, der Stadtverkehr kreist um den Park, die Schachspieler stellen ihre Figuren auf die Bretter. Passanten schauen zu, stellen den Aktenkoffer auf den Boden, ziehen die Jacke aus, lassen sich auf eine Partie ein. Der Alte dort, so ein junger Mann, der etwas Englisch spricht, der Alte dort spiele für fünfzig Sum gegen jeden. Gewinne meistens. Der Alte hebt kurz den Kopf, sein schlohweißer Bart wippt unter einem freundlichen Gruß, er trägt ein speckiges Mützchen, ausgebeulte Hosen, Turnschuhe. Sein Gegner, vermutlich ein Büroangestellter, der die Mittagspause nützt, um sich die Beine zu vertreten, kommt ins Schwitzen, macht einen Fehler, verliert den ersten Bauer, dann einen Springer. Ich überlege, was für fünfzig Sum zu haben ist, eine Suppe beispielsweise. Oder eine längere Busfahrt. Für meine fünf nächtlichen Dollar bei Lydia sind auf dem Schwarzmarkt fünftausend Sum erhältlich, eine Nacht in einem lausigen Dreisternhotel ergibt somit umgerechnet achthundert Schachpartien. Eine im Bahor-Ensemble angestellte Tänzerin verdient fünfzehn Dollar, nein, nicht stündlich, auch nicht täglich, sondern monatlich, eine Baumwollpflückerin kommt auf keine zehn Dollar pro Monat. Nun bietet der Alte Schach, dann wieder und wieder, dann Matt, der Geschäftsmann legt den König flach aufs Brett, eine Geste der Ergebung. Damit war zu rechnen gewesen. Der Alte sei eben gut, habe auch schon mal gegen Kasparow gespielt, als der noch in Taschkent studiert habe. Sei in den Pausen oft zum Alten ans Brett gesessen. Mal habe der eine, mal der andere gewonnen, doch dann immer mehr der andere, der ja dann Weltmeister wurde. Bis ihn eines Tages einer bezwang, der kein Herz im Leibe hatte, kein Hirn im Kopf, kein Blut in den Adern. Deep Blue habe der geheißen.

Am Broadway

Da steh ich nun auf der Salyelgox ko'chasi, dem so genannten Broadway, im rechten Augenwinkel von Amir Timur. Und keiner hat auf mich gewartet. Ich bin ihnen völlig egal. Sie genügen sich selbst, flanieren, flirten, feilschen, fummeln am Handy rum, an der Sonnenbrille, am Walkman. Links und rechts Essbuden, Glaceständе, Flohmarkt, Kunstmarkt, Supermarkt, ab und zu ein Internetcafé, ein erfrischender Springbrunnen, an denen diese Stadt so überreich ist. Wer seinem Schatz was bieten will, lädt ihn zum Karaokegesang ein, Asia-Pop. Alle dreißig

Meter offeriert ein aufstrebender Jungunternehmer sein kleines Tonstudio. Es dröhnt und scheppert überall aus Lautsprechern, die in den Platanen oben hängen, und in den Teestuben verlangen sie Künstlerzuschlag. Am Straßenrand stehen waschhafengroße Kessel mit dampfendem Plov, einem Reiseintopf, in dessen Untergrund neben der Hammelhaxe meist ein Stück Schweinefleisch mitschmort. Hierzulande ist Allah menschenfreundlich und die Menschen sind es auch.

Beim Einnachten begleiten die jungen Männer die jungen Frauen nach Hause, und alle Beteiligten wissen, dass dort die Mütter auf sie warten. Diese sind längst mit geheimen Vorkehren beschäftigt und verhandeln mit Tanten und fleißigen Nachbarinnen über den zukünftigen Bräutigam. Kupplerinnen sind sie, in ihre altmodischen Gewänder gehüllt, Magierinnen, erratisches Gestein aus vorislamischer Zeit, so ragen sie in die Gegenwart.

Die Fahrt nach Samarkand

Lydia packt mir Plov und Trauben ein, segnet mich, dann fahre ich mit der Metro nach Sobir Raximov, dem großen Überlandbusbahnhof. Dort herrscht ein Getümmel, dass mir ganz mulmig wird. Wie ich erst die Busse sehe, wird mir noch mulmiger, und wie ich mich endlich zu den Taxis durchgerobbt habe, möchte ich am liebsten gleich wieder kehrt machen. Die Taxifahrer schubsen und zerren an mir, einer haucht mir eine Alkoholfahne ins Gesicht und alle brüllen sie irgendetwas. Doch dann entdecke ich einen, der mir einen zuverlässigen Eindruck macht und mich in Ruhe sein Taxi inspizieren lässt, den Zustand der Pneus, derentwegen ich mich bücke, den Kopf neige, dass mir Rucksack und Plovbeutel ins Gesicht rutschen, und so, auf Stoßstangenhöhe, treffen sich unsere Blicke. Ich sehe, wie es unter seinem dicken Schnurrbart zuckt, und wage ein Lächeln. Wir einigen uns auf 20'000 Sum, 5000 pro Sitzplatz, die nun allesamt mir gehören. Beim Schein der untergehenden Sonne fahren wir los, Fahrigin und ich, erst durch Vorortquartiere, dann schon bald zwischen Baumwollfeldern hindurch. Diese werden uns die ganze vierstündige Fahrt über begleiten, anfangs mit, später ohne Sonnenlicht, wie auch die Reihen der Pflückerinnen sich zuerst in bunter Üppigkeit von den welken Stauden abheben, dann immer mehr sich diesen angleichen, bis sie sich schließlich nur mehr als unförmige Geländebuckel abzeichnen, als wären es große Maulwurfshügel. Mit zunehmender Dunkelheit machen mehr und mehr Arbeiterinnen Feierabend, so dass schließlich die Felder leer, die Straßenborde aber von einer nicht mehr abreißenden Eskorte von heimwärts wandernden

Frauen gesäumt sind. Dann schwärzt die Nacht die Gegend ein und wir sehen nur noch, was Fahrigins Scheinwerfer kurz aufleuchten lassen, Heimkehrer bedeckt mit weißen Baumwollflocken. Das ist nun also die Seidenstraße, zweieinhalbtausend Jahre alt, Peking–Rom einfach in sechs bis acht Jahren.

Gegen Mitternacht lädt mich Fahrigin in einem Hotel nahe der Altstadt von Samarkand ab, und wir vereinbaren die gemeinsame Rückfahrt in einigen Tagen.

Die Aufhebung der Schwerkraft ...

Ganz anders die Taxifahrt am nächsten Morgen zu einer abseits gelegenen Ausgrabungsstätte. Der Chauffeur mag seine Unkenntnis nicht zugeben und hebt bald mit wirren Kreuz- und Querfahrten an, auf denen mir die wunderbaren Baudenkmäler Samarkands nur so um die Ohren flitzen – ein Sightseeing der besonderen Art. Irgendwann herrscht er mich an, warum ich nicht wisse, wo denn dieser blöde Afrosiyob sei, und ich entgegne, eigentlich sei nicht ich Taxichauffeur, sondern er, und dann stoppt er und reißt die Tür auf, und ich stehe am Straßenrand. Zu diesem Zeitpunkt ist schon eine viel versprechende Hitze beisammen, das Gelände ist vollkommen kahl, kein Schatten, kein Haus, kein Mensch weit und breit. Also latsche ich durch die kahle Gegend, die sich dann doch als Ausgrabungsgelände entpuppt, was mich wieder zuversichtlich stimmt. Nach geraumer Zeit stoße ich auf einen jungen Mann, der die Fundamente eines Palastes, vermutlich sogdisch, vermutlich 6. Jahrhundert, studiert. Hey, sage ich, der andere blickt auf. Ob er zufällig in der Nähe eine Teestube wisse, frage ich nun. Der andere schüttelt den Kopf, doch dann faltet er seinen Ausgrabungsplan zusammen, und wir stolpern gemeinsam zurück zur Zivilisation. Wie das so ist, wenn man lange genug gemeinsam stolpert, plötzlich mag man sich, und so führt mich Nizamadin schon am nächsten Tag in sein Haus. Erst kommt die Mutter, dann der Tschai, dann wird die Tante aufgeboten, welche den besten Plov der Verwandtschaft kocht, dann kommen die Fotoalben mit all den Töchtern und Schwiegersöhnen und Enkelkindern und Hochzeiten und Geburten, und abends sitze ich als Ehrengast am Tisch. Der Vater hebt sein Glas zu einem englischen Trinkspruch, worauf wir alle ex trinken, was mir sehr russisch vorkommt, und gleich darauf werden die Gläser wieder gefüllt, worauf die Mutter das Glas zu einem usbekischen Trinkspruch hebt, und wieder werden die Gläser bis auf den Grund gekippt, und bald darauf verlangt es die Tante nach einem tadschikischen Trinkspruch, und schließlich erhebe auch ich mich und suche nach Worten, die ich mit allerhand fremdländischen Ausdrücken anreichere, was mir großen Applaus einträgt, anschließend drängt es Nizamadin zu einem Trinkspruch wiederum in englischer Sprache, und dann ist nochmals der Vater an der Reihe, der sich diesmal in der Sprache Goethes versucht. Und so essen und trinken wir, Ellbogen an Ellbogen, in enger Stube, bis die Tante den Teller zur Seite schiebt und mit einem kleinen Jauchzer augenblicklich zu tanzen beginnt, wozu sie ihr traditionelles Kostüm verwegen schwenkt. Gleich fängt auch die Mutter zu tanzen an, und schon erhebt sich Nizamadins jüngere Schwester zum Tanz, dann der Vater und schließlich der Sohn – bis auch ich nicht länger sitzen bleiben kann und mich irgendwie unter die Tanzenden mische. Das Tonband quengelt, und wir alle wiegen uns zu den Klängen einer universal asiatischen Populärmusik.

Ein Reisender des 15. Jahrhunderts soll mal gesagt haben, Samarkand sei das glanzvolle Antlitz der Erde – doch wenn ich an das glanzvollste Antlitz meiner Reise zurückdenke, dann ist es das der Tante im Tanz, mit ihren glimmenden Augen in Höhlen von Runzeln und Kahal. Was sie denn so getrieben habe, frage ich Nizamadin auf dem Weg ins Hotel. Physikprofessorin sei sie gewesen, an der Universität von Samarkand.

... und deren Wiedereinführung

Einige Tage später fahre ich mit Fahrigin nach Taschkent zurück. Er ist müde, kommt soeben aus Termiz, dieser ehemaligen sowjetischen Garnisonsstadt am Amudarja, dem Grenzfluss zu Afghanistan. Amis jetzt in Termiz, sagt er, bald Krieg in Afghanistan. Die Baumwollfelder sind leer und abgeerntet. Auch in Taschkent ist die Stimmung gedrückt, Rumsfeld sei anscheinend hier und verhandle mit Karimow über die Benützung von Militärbasen. Lydia und ich gehen noch einmal durch den Bazaar, der quillt über wie immer, neu sind dick gefütterte Winterstiefel und wattierte Jacken dazugekommen. Abends ist es jetzt rasch dunkel und Katja rezitiert islamische Lyrik aus dem frühen 19. Jahrhundert: Was Herbst? Und das, was Rosenzeit sie nennen? / Sie kamen, gingen – / Wir hier, der Käfig hier, und Totenklage / für uns're Schwingen ...

Bald darauf fliege ich zurück. Kaum in der Schweiz angekommen, fallen die ersten Bomben auf Kabul.

Zürich, Januar 2002

Yusuf Yesilöz, * 1964 in einem kurdischen Dorf in Mittelanatolien; kam 1987 als Flüchtling in die Schweiz. Lebt als freier Schriftsteller und Übersetzer in Winterthur. Im Frühjahr 2002 erscheint das Buch, von dem wir hier einen Ausschnitt vorabdrucken.

Yusuf Yesilöz

Der Gast aus dem Ofenrohr

(Ausschnitt)

Beim Betreten des Büros empfing uns ein groß gewachsener Mann mit einer kleinen Brille, deren runde Gläser nur wenig größer waren als seine wachen blauen Augen. Er las meinen Namen von einem Zettel, besprach etwas mit Salih, während mich seine Blicke immer wieder streiften und er mich schließlich von Kopf bis Fuß musterte. Sie sprachen so lange miteinander, wie eine kurze Gebetszeit dauert. Als wir das Büro verließen, läutete das Telefon. Draußen sagte mir Salih, dass es in den Baracken keinen Platz mehr gebe. Ich solle in der Jugendherberge wohnen, bis in der Baracke ein Platz frei werde. Der Chef habe gesagt, es könnte sein, dass in den nächsten Tagen jemand eine Arbeit finde und somit aus der Baracke austrete oder vielleicht werde jemand in sein Herkunftsland abgeschoben, was oft vorkomme. Der Chef werde einen meiner Landsleute vorbeischicken, der mir in unserem gemeinsamen Zimmer einen Tee machen und später mit mir in das Kleiderbüro gehen werde, wo ich zunächst Unterwäsche bekäme. Soweit Salih verstehen konnte, sollten mir diese Landsleute von ihrem Abendessen abgeben.

Wenig später trat ein Mann zu uns, ein Mann mit Dreitage-Bart und stolzem Bauch unter einem dunkel karierten Hemd mit hochgekrempelten Ärmeln. Die drei obersten Hemdknöpfe trug er offen. «Willkommen Hemsehrim, woher bist du?», fragte er auf Türkisch und streckte mir die Hand entgegen. «Hosbulduk!», antwortete ich und nannte meine Herkunft. Dann begann er, kurdisch zu reden, und sagte, dass er aus der gleichen Provinz wie ich stamme. Er heiße Mulla. Bevor ich zu weiteren Erklärungen gedrängt wurde, sagte Salih, dass ich neu sei, wegen Büchern verfolgt würde und Mulla solle sich gut um mich kümmern. «Gar keine Frage!», sagte Mulla lächelnd, «jeden, der hierher kommt, werde ich wie meinen Augapfel schützen, zumal einen aus meiner Provinz!»

Wir lachten, auch Mulla, der hinzufügte: «So wie der neue Gast aussieht, kocht mein Blut jetzt schon für ihn!»

Salih verabschiedete sich an Ort und Stelle, und wir verabredeten uns für den nächsten Montag. Er wünschte mir Glück. Ich schaute ihm nach, bis er hinter den grauen Blockhäusern mit vielen kleinen Balkonen verschwand.

Laurenz Bolliger, *1972 in Basel; Studium der Anglistik und Germanistik in Basel und Bombay. Arbeit als Zugbegleiter, Betreuer von Asylsuchenden, Kulturbeauftragter der Erklärung von Bern und Assistent an der Universität Freiburg/Breisgau. Lebt heute in Basel und verdient seinen Lebensunterhalt mit Schreiben und als Velokurier.

Laurenz Bolliger

Alles ist anders, jetzt

Der französische Romancier Michel Houellebecq (Elementarteilchen) hat vor ein paar Tagen verlauten lassen, dass er den Islam für die «idiotischste» aller Weltreligionen halte. Und der Protagonist seines neuen Romans Plateforme, der mit dem Autor nicht nur den Vornamen teilt, freut sich jedes Mal, wenn in Palästina wieder Kinder und Frauen in die Luft gejagt werden.

Thomas Hürlimann wird von der deutschen Literaturkritik, angeführt vom Übervater der gekonnten Schelte, Marcel Reich-Ranicky, vorgeworfen, in seiner neuen Novelle «Fräulein Stark» ein antisemitisches Zeichensystem verwendet zu haben. Hürlimann verteidigt sich mit der Begründung, dass Aussagen von Protagonisten nicht mit der Meinung des Autors identisch sein müssen.

In Thomas Manns erzählerischem Werk fänden sich nationalistische und antisemitische Tendenzen: Der Hofautor des Kritikerkönigs – Ironie des Schicksals? – habe zu Unrecht viel auf seine liberale, philosemitische Grundhaltung gegeben, meint Yahya Elsaghe aufgrund seiner im Rahmen eines Forschungsprojekts des Schweizerischen Nationalfonds durchgeführten Untersuchungen.

In seinem neuen Roman «Fury» kritisiert Salman Rushdie auf umständliche, aber hellsichtige Weise die von medialen Mechanismen überholte Wirklichkeit. Diese, so weiß man mittlerweile, ist mit Sicherheit dafür mit verantwortlich, dass Rushdie seit der von Ayatollah Khomeini – als Reaktion auf seine «Satanischen Verse» – im Jahr 1989 ausgesprochenen fatwa unter ständiger Lebensbedrohung fristet.

Auf allen Fernsehkanälen wird gemutmaßt, dass hinter den grauenvollen Kamikaze-Attaken ein Mann stehen muss, der schon einige Male von sich reden gemacht hat: Der Saudi Osama bin Laden. Stichhaltige Beweise dafür liegen keine vor, doch die lauten Worte des amerikanischen Präsidenten Bush junior und seines politisch korrekten Außenministers Powell regen zu solchen Schlüssen an.

Im Fernsehen sieht man tanzende Kinder in den Straßen von Nablus. Sie strecken der Kamera palästinensische Fahnen entgegen und rufen «Allah'u'akbar!». Dann hört man, wie die israelische Bevölkerung sich mit ihren «amerikanischen Freunden» solidarisiert. Überall im Land des heiligen Bodens spenden die Menschen Blut für die Opfer der Attentate auf Amerikas Nervenzentren.

Eine eindrückliche Geste seitens des Chefs der Palästinensischen Autonomiebehörde, Jassir Arafat, sticht besonders heraus. Gezeichnet von der großen Verantwortung und seiner Parkinsonkrankheit, liegt er auf einem Schragen und läßt sich Blut abzapfen. Dies sei der Tag, an dem die Palästinenser Freunde der Amerikaner würden, sagt er.

Und immer wieder Aufnahmen von Spielflugzeugen, die in Puddingtürme fliegen, die darin verschwinden wie Löffel in einer Schokomousse. Um kurz darauf zu explodieren. Dann O-Ton, direkt übertragen in die ganze Welt: «Oh my God» und «Jesus Fucking Christ!». Der Himmel über Manhattan verfärbt sich blutrot, die Fernsehsprecher schätzen die Zahl der Toten auf mehrere Tausend. Christus hier, Allah dort.

Das Gemeinschaftszimmer der WG im zweiten Stock der Hochstraße wird zum Treffpunkt aller Bewohner des Hauses. In diesem Zimmer befindet sich der einzige Fernseher im Haus. Man ist betroffen, man klebt vor der Bildröhre, die in regelmäßigen Abständen Aufnahmen des Schreckens in die gute warme Stube überträgt. Hastig werden ganze Päckchen Zigaretten geraucht.

Sicherheitsexperten stehen Rede und Antwort. Fragen über Fragen, die Moderatoren verhaspeln sich. Soziologieprofessoren und Psychologinnen für Massenunglücke wissen das Ihrige beizutragen. Ein Pilot versichert, dass ein «normaler Pilot» auch unter Todesdrohung niemals eine solche Untat verüben würde. Das Sicherheitsdispositiv des Flughafens Zürich-Kloten wird überdacht.

Der Dozent für arabische Sprache und Literatur der Universität Basel, Dr. Edward Badeen, macht in einer von den Ereignissen des Tages bedrückten Diskussionsrunde eindringlich darauf aufmerksam, dass die Weltöffentlichkeit niemals «islamistisch» und «islamisch» durcheinander bringen sollte. Seine Äußerung geht etwas unter in der Aufregung der Gesprächspartner.

Vier Tage vor dem «Angriff auf Amerika» (Tages-Anzeiger) ging in Durban, Südafrika, die UN-Weltkonferenz gegen Rassismus zu Ende. Die Delegationen aus den USA und Israel haben die Konferenz vor ihrem Ende verlassen, da die Entwürfe zur geplanten Abschlusserklärung «hasserfüllte Formulierungen gegen Israel» enthielten.

Dr. Litwak, Islamspezialist der Tel Aviver Universität, meint auf die Frage, ob es denn eine Lösung des Nahostkonflikts gäbe, wenn religiöse Fanatiker den politischen Alltag diktieren: «Es wird nie Frieden geben, nur einen Kompromiss, ein ‹Conflict Managing›, aber keine ‹Conflict Solution›.» Samuel P. Huntingtons These vom «Krieg der Kulturen» erhält plötzlichen Aufschwung.
In einer E-Mail schreibt mir Roger, ein Schweizer Freund aus Baltimore, Amerika, dass ihn nur eine Frage beschäftige: «Wie kann jemand verantwortlich sein wollen für etwas wie das Vorgekommene?» Die anderen Fragen – Wer war es? Warum haben sie es getan? Und was geschieht nun? – seien für ihn unwichtig. In Amerika würden diese Fragen allerdings aufs Heftigste debattiert, schreibt er noch.

Die Börsenkurse sind seit dem Kollabieren der WTC Twin Towers stetig gesunken, die Finanzwelt überdeckt ihre Besorgnis mit beschwichtigenden Worten. Chefökonomen und Börsenmakler machen vage Voraussagen, jeder gemäß den Interessen der durch ihn vertretenen Institution. Chris von Rohr, Schweizer Rocklegende und selbst Kleinanleger, gibt Tipps und Tricks.

In einer kleinen Medienmitteilung liest man in der Zeitung vom Attentat auf General Ahmad Shah Masud, dem Chef der Nordallianz, die sich, eingeklemmt zwischen Tadschikistan und dem von den Taliban besetzten Afghanistan, verzweifelt gegen das fundamentalistische Regime zur Wehr setzt. Wenn Musad umgekommen ist, wäre der letzte Widerstand bald chancenlos, steht da.

Eine klaffende Wunde tut sich auf in der Welt. Von Barbarei ist die Rede, und von Zivilisation auf der anderen Seite. Die heutige Weltwoche titelt: «Verzweiflungskrieg gegen die Zivilisation». Selbstverständlich meinen alle die Zivilisation im Sinne von Norbert Elias: Die zivilisierte Welt, das ist die Welt, die mit Gewalt umgehen kann, die Gewalt nicht anwenden muss, um ihre Konflikte zu lösen.

Das Fernsehzimmer erstickt im Rauch. Die zu den dahinter versteckten Köpfen gehörenden Stimmen versuchen, den Moderator zu übertönen. Wortfetzen zischen hin und her, immer und immer wieder werden die Vorkommnisse wie Szenen aus Kultfilmen nacherzählt. Man erinnert sich an «Die Hard-Trilogie» und an «The Siege». Der Soundtrack ist diesmal etwas anders.

Am dritten Tag schließlich tritt Bush junior erneut vor die Fernsehkameras. Er spricht vom «ersten Krieg des 21. Jahrhunderts» und kündigt baldige Vergeltungsschläge (Stichwort «Campaign») an. Parlament und Bevölkerung stellen sich hinter ihren Präsidenten, und internationale Beobachter befürchten Schlimmes. Der Sommer ist vorbei und die Welt ist noch kleiner geworden.

13. September 2001

Beatrice Michel, *1944; Dr. phil., Filmautorin und Schriftstellerin. Zuletzt «Sertschawan», eine filmische Erzählung 1992, Verleih Filmcooperative Zürich; «Kaddisch» 1997, Verleih id.; «Der Kelim», Roman 1995, Nagel & Kimche Zürich; «Mundraub», Lyrik 2001, CD «Dichtung im Originalton», Lenzburger Lyrik, Arsmedia Gmbh.

Beatrice Michel

Fraidun

Manchmal geht sie den Menschenstrom schauen. Sie setzt sich am Eingang des Selfservice auf die lange Holzbank hinter den Kaffeeblütenstrauch mit den dicken Plastikblättern, in Deckung, mittags ist die günstigste Zeit. Die Menschen strömen an die Bars, Theken, Tische, zum Einkauf ins Labyrinth der Geschäftsräume gleich dahinter und darunter. Tragtaschen, Schulranzen, Rucksäcke, Aktenköfferchen, leere Hände. Starre Blicke, suchende. Tänzelnde, schlendernde, zielstrebige Schritte, Kopftücher, Partyfrisuren, kahle Köpfe. Am liebsten würde sie im Schneidersitz verharren. Monatelang hatte sie damals kein anderes Sitzen gekannt, anfänglich schmerzten die Knie, Ameisen in den Füßen, dann gewöhnten sich Rücken und Beine an alles, an ungesattelte Pferderücken, stundenlanges Schlangestehen und Warten, Schlafen auf Lehmboden, an Pluderhosen und Strümpfe, stickig bei vierzig Grad.

Manchmal erkennt sie jemanden flüchtig im Menschenstrom. Wie viele Menschen kann sie in all den Jahren gesehen haben, eine riesige und doch begrenzte Zahl. Wie viele Gesichter erinnert sie. Wie viele hat sie verloren, nicht an die nächsten denkt sie, an die vielen, die einmal da waren und plötzlich verschwanden, aus den Augen verloren, aus Augen aus Sinn. Um dreizehn Uhr nimmt der Augenstrom ab.

1990. Nach dem Essen, das ein stummer Alter servierte, von dem ehrfürchtig geflüstert wurde, er sei mit General Barzani in Moskau gewesen, gingen wir im fremden Dorf herum. Wir hatten sechs Wochen Zeit für Recherchen, in Teheran einer Runde misstrauischer Männer abgetrotzt. Auf keiner Karte war das Dorf verzeichnet. So viel wussten wir, es lag auf iranischem Boden, im Grenzdreieck zur Türkei und zum Irak, eine halbe Tagesreise und fünf Pazdarkontrollposten von Urmia entfernt. Die einheimische Bevölkerung lebte von Landwirtschaft und Schmuggel. Nachts wurde ich anfänglich von den Schüssen wachgeschreckt, einmal von Klagen, die keinen Schlaf mehr zuließen. Ein Mann war mit seinem Ältesten auf dem Bergrücken von Minen zerrissen worden. In der Dämmerung war Friede. Die meisten saßen vor ihren Häusern und schauten und warteten. Die Peshmerge polierten ihre Kalaschnikows, endlos, einige dösten im Schneidersitz, wartend. Wenn ich vorbeikam, schnellten sie auf, weckten die säumigen Gefährten, stellten sich gewehrbeiseit in Achtungstellung auf. Es war mir peinlich, konnte nichts verhindern, schlich später mich hinter ihren Lehmhütten durch. Am zweiten Abend gingen wir an Fraiduns Hütte vorbei. Er trat lachend aus der Tür, bat uns herein, als hätte er uns erwartet. Er sprach ein altmodisches Englisch, fehlerlos, machte einzig einen exzessiven Gebrauch von «too much», in seinen Erzählungen wurden die Ereignisse too much sorrowful, too much painful, too much dangerous. Der Raum, in dem er allein lebte, war mit Zeitungen tapeziert, an Haken hingen Kleider, die üblicherweise unter den Säumen hervorbaumelnden Waffenschäfte fehlten. In einer Ecke standen Morse- und Funkgeräte, ein Kofferradio, auf dem niedern Tischchen und einzigen Möbelstück eine Hermes Baby. Stöße von Papier lagen sorgfältig geordnet den Wänden entlang. Fraidun war der Informationsmann der hier stationierten Peshmerge-Einheit, 1st Branch of the Kurdish Democratic Party, jeden zweiten Tag gab er ein Flugblatt mit Neuigkeiten aus aller Welt heraus. Wir setzten uns auf die Matratze, auf der er schlafen würde. Sein Anzug war untadelig gebügelt, Schalwar und Jacke aus feinstem dunkelblauem Stoff, nicht gelbbraun wie die der Peshmerge. Auch trug er nicht den rot gemusterten Barzani-Turban. Ich kenne dein Land, sagte er, über Kurzwelle, ihr habt sieben Minister, das ist too much efficient, einer hält den andern in Schach. Es müssen die sieben weisesten Männer des Landes sein. – Sie sind recht durchschnittlich, neuerdings ist eine Frau dabei. – Ach ja, lachte er, aber the first lady musste gehen, weil sie zu oft mit ihrem Mann telefoniert hat. Welch ein Land mit welchen Problemen. Und sehr weit weg und sehr reich. – Unser Reichtum könnte mit den Problemen seines Volkes zu tun haben, gab ich zu bedenken. Er wischte die Selbstbezichtigung großzügig vom Tisch: Erklär mir bis in alle Einzelheiten, wie es funktioniert, das Parlament, die Gemeindeautonomie, Stimm- und Wahlrecht, die Armee, die Justiz, das Eherecht. Die Schulen, die Universität. Er nahm ein vergilbtes Blatt Papier, notierte, ich schwitzte, verhedderte mich, widerrief. Gegen Mitternacht rief er aus: Genauso werden wir alles einrichten, wenn wir einmal frei und unabhängig sind. Ihr habt Kantone, wir werden einen Stammesföderalismus haben. Ich lag lange wach und grübelte, was ich missverständlich erklärt haben könnte. Die Knie schmerzten, der Kopf von den vielen «zigara Winiston».

Die nächste Nacht. Voltaire, Diderot, Rousseau. Seine Lieblingslyriker, Baudelaire, Apollinaire, Eluard. Die Existenzialisten. Ich fühlte mich in meine Examenstage zurückversetzt, Schweißausbrüche. Gähnte. Da sprang er auf, entschuldigte sich: Oh Gott, ich habe nicht bemerkt, dass du müde bist, es tut mir schrecklich leid.

Er hatte in Bagdad Biologie studiert, seine Familie, kurdischstämmig, lebte in Mosul. Seit drei Jahren habe er die Mutter nicht mehr gesehen. Er war aus der Hauptstadt «in die Berge geflüchtet», nachdem man ihn für die wahrscheinliche Teilnahme an staatsgefährdender Propaganda gezwungen hatte, die Hinrichtung dreier Freunde mit anzusehen. Er sagte das, viel später, auf einem Berg und nur auf mein beharrliches Fragen hin und schwieg danach den ganzen langen Rückweg. Ich verfluchte meine Neugier.

Fraidun begriff, was wir suchten. Die Flüchtlinge aus der Stadt Halabja, aus den mit Gas bombardierten Tälern im Nordirak. Wir beriefen uns auf jenes Foto aus Halabja, das im März 1988 durch die Weltpresse gegangen war, der Vater mit dem Kind im Arm, auf der Straße liegend, vom Gas getötet. Weltbekannt und namenlos, die beiden. Zwei Jahre später war das Bild bei uns vergessen, überblendet von andern Bildern aus andern Kriegen. Fraidun wusste von einem Überlebenden, der den Vater, einen Bäcker namens Omar Khawar, gekannt hatte. Und er wusste von zwei Männern aus dem Lager Quoshtapa bei Arbil, die der Deportation der achttausend entgangen waren, einem Alten, der sich, mager und kleinwüchsig, an eine Pappel gedrückt hatte, einem Jungen, der von seiner Mutter in einer Grube versteckt worden war. Quoshtapa? Diwaniyah Camp? Ziweh Camp? Nie gehört. Er erzählte nächtelang von einem seit Jahrzehnten währenden dreckigen Krieg, der in unseren Medien kaum stattfand. Welche Zeugen wünschten wir zu treffen? Er drückte einen Zettel mit Namen einem Peshmerga in die Hand und schickte ihn los. Zwei, drei Wochen würde es dauern. Der Zettel würde von Hand zu Hand gehen über Hunderte von Kilometern, über Pässe auf dreitausend Metern, durch Schluchten, an feindlichen Stützpunkten vorbei.

Die Menschen wurden zu uns gebracht, Fraidun übersetzte. Die Männer erzählten, ohne eine Regung zu zeigen, die Frauen wischten die Tränen mit den Zipfeln des Kopftuches. Für ein Bild stellten sie sich gerade und stolz nebeneinander. Schlimm war, dass sie hofften, wir würden wissen, wie ihre vom Gas angegriffenen Lungen, ihre halb blinden Augen zu heilen wären, wir würden ihre aus Quoshtapa verschwundenen Angehörigen ausfindig machen, wir würden helfen, ihre Dörfer im Nordirak aufzubauen. Dem Erdboden gleichgemacht, sagten sie. Alle männlichen Angehörigen meiner Familie, vom Jüngsten bis zum Großvater, sagten sie. Meine Familie im Gas, sagten sie. Wenn mich Zweifel am Projekt beschlichen, war es nicht wegen der Schwierigkeiten, zu Hause die Finanzierung sicherzustellen, im Iran Visa und Drehgenehmigung zu erhalten, es war dieser Hoffnungen wegen, die ich nur enttäuschen konnte. Ich versuchte, meinen geringen Machtradius zu erklären, sie lächelten, ich tat ja nur bescheiden.

Wir wollten zeigen, wie in den nun verlassenen irakischen Dörfern einmal gelebt worden war, suchten ein vergleichbares, vom Krieg verschontes Dorf diesseits der Grenze. Die Menschen hier sprachen die gleiche Sprache, Sorani-Kurdisch, waren oft versippt, gingen bis vor siebzig Jahren, als diese Grenze von einer Konferenz in meinem Land festgelegt worden war, hin und her über Pässe und Weidegründe, hatten sich besucht an Festen, ihre Söhne und Töchter untereinander verheiratet. Was nun Schmuggelweg, vermint, von der türkischen, iranischen, irakischen Armee und der Pazdar kontrolliert war, galt ihnen Tausende Jahre als normale Passage von Dorf zu Dorf. Fraidun half uns ein Dorf suchen, das schönste wollte er finden, mit den schönsten Quellen, den schönsten Bewässerungskanälen, den schönsten Pferden und Frauen. Wir wählten aus vielen Weilern, die er uns zeigte, «Ambe Gund», «Dorf der Mutter», in dem nach alter Überlieferung die Mutter von Zarathustra begraben liegt. Das Grab fanden wir nicht. Den Film haben wir ein Jahr später zur Hauptsache dort gedreht.

Richtig wäre, im Schneidersitz zu sitzen hinter dem Kaffeestrauch mit den weißrosa Plastikblüten und die Augen zu schließen. Der Sprachmusik zuhören, den Sprachfetzen, dem Getrappel. Fast ein Bazaar. War da nicht eben ein Wort von damals? «Basche, te basche?» Gut, gehts dir gut? Zwei Frauen gehen, unverschleiert, Arm in Arm, die Köpfe nahe beieinander. Damals, dort, fassten die Frauen mich zur Begrüßung eng um die Schultern, rieben ihre Brüste an meinen, ich erschrak, lachte mit. Es ging einfach so vor sich, wie vieles andere. Ich habe die meisten Wörter vergessen, ungebraucht fielen sie von mir ab.

Fraidun machte uns bekannt mit Akram Hama Ali, der von den Hügeln aus die Bombardierung von Halabja gesehen und Omar Khawar gekannt hatte. Migs und spanisches Giftgas. Akram kam «noch ohne Bart», als Waise, zu den Peshmerge. Er ist achtzehn, steht als Minenspezialist der Einheit in hohen Ehren. Als Kind begann er Minen zu entschärfen. Er hinkt ganz leicht. Es hätte ihn einmal erwischt, sagt er, mustert uns aus klugen dunklen Augen, zieht eine Socke vom Fuß. Ich sehe eine rosafarbene glatte Fußprothese. Im Schneidersitz sitzt es sich in nahem Kontakt, auf Augenhöhe, immer sieht man den ganzen Menschen. Die Fußprothese hat keine Zehen.

Mit Fraidun gehen wir nach Ziweh Camp. Ebenen sind gut für Camps, und diese Ebene liegt weit hingestreckt zwischen den Hügeln, ein Nebenfluss des kleinen Zab schlängelt sich am Rande dahin. Langjährige Flüchtlinge leben in Lehmhüttten, Neuankömmlinge in Zelten. Fraidun führt uns zu den Müttern, die den Memorial Day vorbereiten. Am 9. Juni 1985 bombardierten irakische Migs dieses auf iranischem Boden liegende Camp. Nie gehört, nie gesehen. Letzter Schultag, die Kinder gingen ihre Zeugnisse holen. Unter den vielen Toten 103 Kinder unter den Trümmern des Schulhauses. Saddam der Sheitan, Allah verzeihe uns, wusste es, er wollte unsere Kinder, sagen die Mütter, übersetzt Fraidun. Your silence kills us, sagt Bahar, früher Anwältin in Bagdad.

Fraidun organisiert für uns einen Generator, ein Mittel gegen die Flöhe und ein Huhn als Alternative zur täglichen Fettsteiß-Suppe aus der Peshmergeküche. Er improvisiert mit dem Generator eine Videovorführung, er kennt uns doch, wir glauben doch nur, was wir gesehen haben. In flimmerndem Grauweiß, ohne Ton, die Bilder der Stunden nach den Bomben. Frauen waschen im Fluss Finger, Ärmchen, Beine, schlaffe kleine Leiber, bevor sie sie in weiße Tücher wickeln. Ich notiere im fiktiven Drehplan: Ziweh Camp, Memorial Day. Ich kritzle Notizbuch um Notizbuch voll, kopiere Statistiken, die Fraidun aus seinen Stapeln hervorzieht. 1989, nach den Giftgasangriffen im Nordirak, befanden sich 5'035 Familien oder 26'601 Menschen in Ziweh. Bei unserem Besuch sind es Zehntausend weniger, viele sind in ihre Heimat zurückgekehrt oder in die Slums von Urmia gezogen. Ein Jahr später, kurz nach dem Ende des zweiten Golfkrieges werden es wieder Zehntausend mehr sein.

Wir können nicht mehr schlafen, stehlen uns nachts zur Unterkunft hinaus, wandern benommen im Dorf herum, der Große Bär und Kassiopeia sind der einzige Anhaltspunkt mit Zuhause. Fraidun holt uns aus der Nacht zurück, schimpft uns flüsternd aus. Er werde etwas unternehmen. Wir werden immer kleiner. Er bringt an einem der nächsten Abende drei Musiker, türkisch-, irakisch-, syrischkurdisch, sie spielen Stunde um Stunde, Meister ihres Fachs. Ein Sänger fehlt uns, seufzen sie. Der wachhabende Peshmerga, der auf seinem Trott um das Haus immer wieder den Kopf zum Fenster hereingestreckt hat, kann nicht mehr an sich halten, er kommt herein, singt Lied um Lied. Am nächsten Morgen ist nichts mehr gut. Musizieren ist verboten im Iran. Fraidun verschwindet drei Tage, ich denke, er ist zitiert worden, ebenso der gröblich fahrläßige Sänger. Irgendetwas geht vor sich. Eine Unruhe bemächtigt sich der Station, die Kalaschnikows werden wieder und wieder geputzt, Patronengürtel gefüllt, wir werden umquartiert, die Kommandatur tagt. Als Fraidun zurückkommt, räumt er sein Zimmer. Sie werden über die Berge zurückgehen in den Nordirak, dreißig ausgewählte Peshmerge, die stärksten und erfahrensten, auskundschaften, in welchem Zustand die zerstörten Dörfer sind, wie viele Menschen noch wo hausen, herausfinden, wie es mit der Wasserversorgung steht, wo die irakischen Vorposten stationiert sind. Es muss eine erfolgreiche Aktion werden, ohne Verluste, viele Flüchtlinge wollen heimkehren in sicheres Land. Bleib hier, sage ich zu Fraidun, du bist kein Krieger. Ich bin der Informationsmann, sagt er und lächelt verhalten. Too much important. Er bringt mir aus Urmia sieben Meter dunkelblaue Seide. Er verbeugt sich zum Abschied und geht, ohne, wie üblich, sich umzudrehen. In der Morgendämmerung stehen die Männer auf den Lehmdächern, wo sie die Nacht verbracht haben, wickeln die sieben Meter lange Stoffschärpe um den Bauch, dieses Tuch, in das man Pistole und andere nützliche Dinge steckt, das lebensrettend sein kann. Die Tücher flattern im starken Wind, bis sie festgezurrt sind.

Über Mittag strömen die Jugendlichen aus allen umliegenden Berufsschulen in den hiesigen Bazaar. Sie reden ein multiples Idiom, das ich besonders mag, ihr Mischen von Italienisch, Spanisch, Türkisch, Balkansprachen mit dem hiesigen Dialekt, ein Wort so, ein anderes anders. Sie tragen meist schwarze Kleidung. Wirf deine schwarzen Lumpen weg, Michel Khane, sagten die Frauen dort, wir hassen Schwarz, wir tragen Schwarz nur am Memorial Day oder am Tag einer Beerdigung, was hast du für schreckliche Kleider mitgebracht? Sie brachten mir funkelnde, schreiend-farbige Kleider, in denen ich mich nicht bewegen konnte. Sie konnten es. Sie machten Dungfladen für die Heizung im Winter, kauerten in gold und silber glitzernden Röcken im Kuhmist. Ich durfte kein Foto dieser Arbeit machen, nein, sagten sie, wir Kurden haben genug Scheiße erlebt, du wirst nicht zeigen, wie wir Scheiße verarbeiten. Aber das war bereits ein Jahr später in Ambe Gund.

1991 im Januar brach der zweite Golfkrieg aus, Wochen später sahen wir auf dem Bildschirm Tausende irakischer Kurden auf der Flucht in die Türkei, in den Iran. Wieder waren sie zu Aufständen ermuntert worden, von den Amis diesmal, wieder rächte sich das Regime. Nur auf der Flucht können die Kurden denken, hatte Fraidun einmal gesagt. Das Exposé für den Film war ausgearbeitet. Wir würden irakisch-kurdische Flüchtlinge zeigen im Iran, Flüchtlinge aus Halabja, Quoshtapa, Ziweh, nachts würden wir ihre Geschichte aufnehmen und am Tag würden wir das Leben ohne Krieg und Flucht in Ambe Gund festhalten. Zu zweit fuhren wir im April nach Bazargan an die türkisch-iranische Grenze. Wir wurden an die Luft gesetzt und alles wurde beschlagnahmt, obwohl wir in einjähriger inständiger Bettelei Papiere für Aufenthalt und Dreh erwirkt hatten. Geht nach Teheran filmen, sagte der azerbeidschanisch-iranische Grenzkommandant. Aber das ist eine andere Geschichte. Dass wir nur zu zweit und in diesem alten mickrigen Suzuki-Jeep unterwegs waren, machte den Film möglich. Die verschiedenen Obrigkeiten nahmen uns nach wochenlangen Querelen nicht mehr ernst. Und die Kurden schmuggelten uns überall durch, heiterten uns mit allen ihnen bekannten Tricks auf, wenn uns der Mut sank. Eine andere Geschichte. Wir trafen die Zeugen, die wir zu sehen wünschten, wieder gingen Zettel auf Reisen und brachten Menschen zurück. In Ambe Gund habe ich die bisher intensivste Zeit meines Lebens verbracht. Ich weiß, es tönt pathetisch, ist eine andere Geschichte. Nach sechs Monaten nahm ein Pazdarkommandant in uns CIA-Agenten wahr, warf uns ins Gefängnis, «Hans Effendi» hatte sich mit Lamblien infiziert und war schwer erkrankt, erstmals im Leben wog ihm die Kamera zu schwer, aber das ist die andersartigste aller Geschichten.

Mit Fraidun war abgemacht, dass er für uns während der ganzen Filmarbeiten übersetzen würde. Wo ist Fraidun? fragten wir von Anfang an in der KDP-Zentrale in Urmia. – Wir schicken nach ihm, geduldet euch ein wenig. – Er wird kommen. – Er ist gerade mit Verhandlungen in Arbil beschäftigt. – Er arbeitet in einem Lager in der Türkei. – Er wird bestimmt bald kommen.

Er kam nie.

Im Nachspann zum Film erwähnen wir dankend unsern Freund Fraidun. Seinen ganzen Namen sollten wir nie nennen, so sein Wunsch, too much dangerous für seine Familie.

1992 fuhren wir nach der Premiere des Films in Locarno in den Nordirak. Wir hatten versprochen, unsere Zeugen, die inzwischen heimgekehrt waren, in ihren Dörfern zu besuchen. Dem Erdboden gleichgemacht, hatten sie gesagt. Ich spreche im Film von «zerstörten» Dörfern, weil ich Übertreibungen fürchte. Die Dörfer waren wörtlich, biblisch, dem Erdboden gleichgemacht. Spuren von Gemäuer in der Erde, die Apfelbäume in diesem Garten Eden nicht nur gefällt, die Wurzeln aus der Erde gebrannt.

Die Brunnen zementiert, die ausgeklügelten Bewässerungssysteme gesprengt. Äcker und Hügel vermint. Die Menschen lebten in Provisorien nahe ihren Dörfern, in Buschhütten, teils in den verfallenen Regierungslagern, in denen sie Jahre zuvor gequält worden waren. Den alten Mann, der sich in Quoshtapa an eine Pappel gedrückt hatte, als die Soldaten kamen, fanden wir mit seiner Familie in einer Höhle lebend. Die Frauen sammelten jedes essbare Kraut, jede Nuss, jede Beere, was gefährlich war wegen der Minen. Sie sagten, eine Frau muss acht Kinder haben, vier für das Leben, vier für den Tod.

Halabja war immer noch eine zerbombte Stadt. Halabja besaß einmal vier Bazaars, eine Zigaretten-, eine Kartoffelfabrik, ein Kino, ein Theater, sieben Gymnasien, fünf für Knaben, zwei für Mädchen, ein Technikum, ein Islam-Institut, einundsiebzig Moscheen. Die Überlebenden hatten bei den jeweiligen Gebäuden große Plakate angebracht, auf denen die einstige Bestimmung festgehalten wurde. Die Namen der ehemaligen Quartiere waren auf Poster am Straßenrand festgeschrieben, Blumenkränze hingemalt, Zeilen ihres verehrten Lyrikers Goran hinzugefügt. Ein winziger Bazaar hielt sich in der Hauptstraße, ein Junge verkaufte einen Sack Plastiksandalen, ein anderer Gemüse, ein anderer eine Hand voll faustgroßer, wunderschöner Äpfel. Akram Hama Ali führte uns hinkend durch die Ruinen. Er war in Eile wegen der anfallenden Arbeit und weil er, wie er lächelnd gestand, seit kurzem verheiratet sei.

Von Fraidun keine Spur. Alle Menschen, die wir näher gekannt hatten, fanden wir wieder. Immer noch funktionierte das Zettelsystem, es war in jenen Tagen vielleicht das einzige, was zuverläßig funktionierte. Mit Ausnahme der US-Jets, die regelmäßig die Zone überwachten, weiße Zeichen an den Himmel schrieben, die kleinern Kinder schreiend unter die Röcke ihrer Mütter springen ließen. Fraidun? Niemand erinnerte sich. Wir fuhren zum Zentralkomitee in Salahaddin, die Peshmerge nahmen gewehrbeiseit Achtungsstellung an, der Sänger von damals lachte unmilitärisch. Wir wurden ins Büro des Oberkommandierenden geführt. Er saß hinter einem gewaltigen Pult. Nach der Begrüßung sagte er ohne Umschweife: Fraidun ist seit langem tot. Es geschah zwei Monate nach euren Recherchen. Fraidun wollte nach erfolgreich abgeschlossener Mission entgegen unserer Empfehlung seine Mutter besuchen. Er geriet auf der Fahrt nach Mosul mit zwei Freunden in einen Hinterhalt der Armee, wir kennen nicht einmal ihre Gräber. Am Straßenrand verscharrt. Wir wollten euch nichts sagen, wir vertrösteten euch, Allah verzeihe uns die Lügen, wir fürchteten, ihr würdet zu traurig sein und eure Arbeit nicht zu Ende führen können.

Im Bazaar gehen dunkelblaue Kopftücher vorbei, türkische, sudanesische, arabische, was weiß ich. Fraiduns Seide liegt in einer Schublade, die Schnittstellen sind etwas ausgefranst. Zeitweise habe ich die Bilder von damals aus meinem Kopf getilgt, ein anderes Projekt, andere Gesichter, neue Geschichten, wie viele Gesichter habe ich gekannt, wie viele sind abrufbar, wie viele verloren gegangen. Ich vergaß seinen Namen. Er werde nie Frau und Kinder haben, hatte er gesagt, too much irresponsible in diesen too much ferocious Zeiten. Beim letzten Umzug blätterte ich in den Notizbüchern, fand den Namen, die Adresse c/o Central Committee in Urmia, ein Büro, das es längst nicht mehr gibt.

Koutroumania, Januar 2002

Henrik Saxgren, *1953 in Randers, Dänemark, ist einer der wichtigsten dänischen Fotografen. Zuerst als Werbefotograf, ab 1975 als Fotoreporter tätig. 1980 Mitbegründer der Fotoagentur «2Maj» in Kopenhagen. Zahlreiche Auszeichnungen und Buchpublikationen, u.a. «Point of View», Aperture, 1995; «Solomon's House – the lost children of Nicaragua», Aperture, 2000.

Henrik Saxgren

Kriegslandschaften

Henrik Saxgren fotografierte während des Oktobers 2001 junge Palästinenser in Gaza, die darauf vorbereitet wurden, als Selbstmordattentäter ihr Leben aufzuopfern. Er versucht, mit seiner Fotoreportage das Umfeld zu zeigen, das die zukünftigen Selbstmordattentäter beeinflusst.

Obwohl Saxgren keinesfalls mit den palästinensischen Selbstmordattentaten auf israelische Schulkinder und andere Zivilisten einverstanden ist, geht er im Grundsatz davon aus, dass die Palästinenser keine Bedrohung für den Staat Israel bilden. Israel hingegen tritt als Okkupationsmacht auf und benutzt die Siedlungen als Brücken für eine Annexion neuer Gebiete. Eine Voraussetzung für den Frieden ist für ihn daher die Auflösung dieser Siedlungen. Die andauernde Demütigung der Palästinenser und die erstickende Hoffnungslosigkeit in Gaza sind die Hauptgründe für die verzweifelten Selbstmord-Missionen.

Saxgren stellte sich die Frage: Wie wird ein unschuldiges Kind zum Terroristen?

Seine mit einer Großformat-Kamera aufgenommenen Fotografien versuchen Antworten zu geben: Sie zeigen die Spuren der Zerstörung, den Sieg der Aggression über die Schönheit, die Abwesenheit von Poesie und Liebe zum Leben – eine Situation, in der Selbstmord zum ultimativen heroischen Akt wird.

Die durch israelisches Granatfeuer zerstörte Moschee Al Nor, Rafah

لا إله إلا الله محمد رسول الله

Die Überreste eines Selbstmordattentäters werden durch Gaza City getragen.

Der Checkpoint Gush Katif.

الانتفاض

Das Lager Jabaliya.

Durch israelisches Granatfeuer zerstörtes Wohnhaus, in der Nähe der jüdischen Siedlung Neve Dekalim.

Kundgebung von Hamas-Jugendlichen, als Selbstmordattentäter gekleidet.

Polizeiposten, Gaza City, mehrfach zerstört durch israelische Angriffe.

Hamas-Grafitti eines Minenangriffs an der Moschee des Lagers Jabaliya.

Plakat Arafats an einem Baum, ausserhalb von Rafah.

Laure Wyss, *1913 in Biel; lebt in Zürich. Journalistin und Buchautorin, Mitbegründerin des Tages-Anzeiger-Magazins. Letzte Veröffentlichungen: «Schuhwerk im Kopf», 2000; «Rascal. Gedichte», 1999; «Briefe nach Feuerland. Wahrnehmungen zur Schweiz in Europa», 1997; «Weggehen ehe das Meer zufriert. Fragmente zu Königin Christina von Schweden», 1994 (alle im Limmat Verlag).

Laure Wyss

Das Echo der Zeit

Das Echo der Zeit ist auf Sendung, bleibt unentwegt auf Sendung. Wie und wo, so frage ich mich, sind unsere eigenen Echos der Zeiten, die wir jetzt durchleben? Mir scheint, wir sind wie gelähmt seit dem 11. September, erschrocken über eine neue Dimension der Untaten. Und über die Katastrophenmeldungen, die folgten, eine nach der andern.

Wie nahe gehen uns eigentlich alle diese Nachrichten? Treffen Informationen noch unsere eigene Existenz? Oft laufen sie wie ein Film über unseren Bildschirm, eine Realität aus zweiter Hand wird uns serviert.

Die Welt ist eine virtuelle Welt geworden, sie verschiebt unsere Wahrnehmungen, sie hilft unserer eigenen Trägheit, nicht mehr genau zu sehen, zu hören, zu wissen, worum es sich handelt. Es handelt sich doch um Gewalt und um Gegengewalt. Wir können uns nicht mehr herausreden mit der Feststellung, dass es immer so war und immer so sein wird. Umso weniger, als wir täglich, in nächster Umgebung, Gewalt erfahren: Gewalt auf unseren Straßen, Überfälle im Dunkeln oder am helllichten Tag, Gewalt im Schulhof, Vergeltung mit der Faust, mit der Waffe in der Hand.

Haben wir uns so leicht daran gewöhnt, dass Gewalt Gegengewalt erzeugt und wieder Gewalt auslöst, dass wir mit Schweigen mitmachen, alles hinnehmen als fatales Schicksal. Auch die Uneinsichtigkeit, die Unvernunft von Regierungen - sagen wir es offen - die grandiose Dummheit von Regierungen, die nicht wissen, wie mit dem Terrorismus umgehen, weil sie nicht einsehen, wie er entsteht.

Ich muss Ihnen gestehen, ich selber bin spät erwacht, habe mich erst richtig aufgeregt und empört, als Flugzeuge über Afghanistan flogen und Bomben abwarfen. Dabei bin ich ein Leben lang gegen den Krieg gewesen, weil ich mich genau daran erinnere, wie es war, als er am 1. September 1939 anfing. Ich wohnte damals unter eigentlich glücklichen Umständen in der schwedischen Hauptstadt, in Stockholm, wenn auch verängstigt durch den immer mächtiger werdenden Nationalsozialismus mit seinen Uniformen, seinen Waffen, seinem immer lauter brüllenden «Siegheil». Und auch in Angst um meine Freunde dort, Flüchtlinge, Vertriebene, Papierlose. Ich werde die Stimme des Menschen nie vergessen, der, als ich den Telefonhörer abnahm, nur drei Worte sagte, an jenem 1. September: «Bomber über Warschau». Und ich wusste: Jetzt ist der Krieg ausgebrochen. Es war der Anfang des 2. Weltkriegs. Ich habe seit jener Zeit mir vorgenommen: Nie mehr Krieg, Krieg ist das Schlimmste, das es gibt. Man muss jeden Tag antreten gegen einen Krieg, gegen die Gewalt, auch wenn man selber schwach ist. Aber die Verhinderung von Gewalt, die Vermeidung eines Krieges, das muss unsere Gedanken beherrschen, unser tägliches Tun beeinflussen und durchdringen bis in die Zehenspitzen.

Was alles habe ich zu wenig getan, alle diese Jahre? Das ist mir in den Sinn gekommen, als Bomben auf Ärmste fielen, auf Flüchtlinge - und sie töteten.

Gestern hat Helen, eine Freundin aus meinem Quartier, ans Küchenfenster geklopft und mir ein Gebäck gereicht, das sie auch für ihr eigenes Geschäft bäckt und von dem sie weiß, dass ich es gern esse. Beide kennen wir es aus den Zeiten der Not: Es ist Zwieback mit dicker süßer Kondensmilch bestrichen, geriebene Haselnüsse darüber gestreut, im Ofen kurz überbacken. Wir reden davon, dass wieder Krieg ist, dass es ein Krieg ist, der gemacht wurde. Dann sagt Helen: «Ich backe jetzt gegen den Krieg.»

Wir lachten, wir gaben uns die Hand, wir hatten Tränen in den Augen.

Ron Halbright, *1957 in New York. Mitgründer Netzwerk Schulische Bubenarbeit, Vorstandsmitglied mannebüro züri, Leiter NCBI Schweiz. Leitet Programme zu «Bubenarbeit», «Gewaltprävention», «Vorurteile». Autor von «Knabengerechte Koedukation», Edition Soziothek, 1998. Lebt seit zwölf Jahren in der Schweiz.

Ron Halbright

Lieber gewalttätig als feig

Männlichkeit erlernen als Vorbereitung auf Krieg

Krieg ist Männersache. Genauer gesagt, ältere Männer entscheiden, jüngere Männer in den Krieg zu schicken – und meistens gehorchen die. Väter und Mütter schauen zu oder jubeln sogar, wenn sich ihre lieben Söhne darauf vorbereiten, die lieben Söhne anderer Väter und Mütter zu töten oder von ihnen getötet zu werden. Irgendwie scheint es ein Kennzeichen eines Volkes zu sein, dass Männer bereit sind, Söhne zu opfern und sie so zu erziehen, dass sie bereitwillig ihr Leben, nicht nur für die Familie, sondern auch für das Volk - z.B. im Krieg - riskieren. Nehmen wir als Beispiele die Mythen von Abraham und Wilhelm Tell: Jeder steht als Ursprungsmythos für ein Volk - das israelitische und das schweizerische – und stellt einen Vater dar, der wegen eines Befehls beinahe das Leben seines Sohnes opfert. Oder der christliche Gott, der sogar seinen einzigen Sohn geopfert hat, um eine neue Religionsgemeinde zu gründen.

In Kulturen, in denen Männer ihr Leben im Krieg oder auf der Jagd riskieren müssen, tendieren männliche Initiationsriten, den Übergang zum Mannsein brutaler und schmerzhafter zu gestalten. Dagegen haben Völker auf friedlichen tropischen Inseln den Buben eher sanftere Reifungswege vorgeschrieben.

Trotz der Sonderstellung der Schweiz wird nach den herrschenden Männlichkeitskonzepten von fast allen «richtigen» Schweizer Männern erwartet, dass sie sich psychisch und physisch auf einen allfälligen Kriegsdienst vorbereiten. Das Militär (insbesondere wegen des Milizsystems) stellt eine für das dominante Männlichkeitsideal prägende Sozialisationsinstanz dar. Organisierter Sport in der Schule sowie in der Freizeit wurde ursprünglich als seelische und körperliche Vorbereitung aufs Militär eingeführt. Der Umgang mit Schmerz, Konkurrenz, Hierarchie, Gehorsam, Männerehre, Vergeltung und Gruppengeist wird früh eingeimpft, um die weichen männlichen Kleinkinder auf ihre Bürgerpflicht vorzubereiten.

Erst seit etwa zehn Jahren hat eine Kritik gegenüber abhärtender Knabenerziehung breiteres Interesse in Westeuropa und in den übrigen reichen Industrieländern geweckt. Dafür haben sich die Friedensbewegung, die neue Frauenbewegung und die kleine, aber wachsende Männerbewegung eingesetzt; sie haben ein Argumentarium für diese Entwicklungen geliefert. Genauso wichtig wie die sozialen Bewegungen sind jedoch auch konkrete Veränderungen in den Erwartungen an heutige Männer in diesen Ländern:
a) die Befreiung vieler Männer vom Kriegsdienst nach zwei Generationen ohne Massenkrieg in den Industrieländern,
b) das Ende des Kalten Krieges, die Technisierung des Schlachtfeldes (Kuwait, Kosova, Afghanistan), wo kaum Soldaten aus den Industrieländern (insbesondere USA) gestorben sind,
c) Veränderungen im Erwerbsleben durch die Verlagerung körperlich anstrengender Arbeitsstellen in die Entwicklungsländer,
d) das Wachstum des Dienstleistungssektors und die Entstandardisierung der beruflichen Lebensläufe sowie die geringere Tauglichkeit der Delegierung der Gefühls- und Selbstversorgungsaspekte im Familienleben an Frauen.

Trotz dieser Entwicklungen basiert die heutige Jungenerziehung zum größten Teil immer noch auf einer Abhärtung der Buben, eine Panzerung ihres Körpers und die Unterdrückung der weichen, verletzlichen Gefühle. Denn: Eine gezielte Schulung ist nötig, um ein Kind zum Kämpfer umzuwandeln.

Neugeborene Buben sind (genauso wie Mädchen) «herzig» und werden gerne in die Arme genommen. Es wird gröber mit Buben gespielt, sie werden in die Luft geworfen, Unabhängigkeit wird von ihnen früher erwartet. In der Primarschule erleben sie oft, dass Zärtlichkeit zwischen Jungen als kleinkindisch oder «schwul» abgetan wird. Berührungen müssen tönen: Ein Klaps auf den Rücken oder ein lauter, ritualisierter Handschlag, alles andere wäre verdächtig. Einen Ausnahmefall bildet beim Fußball die Umarmung nach einem Torschuss, die zugelassen wird. Diese Verhaltensmuster sind stark kulturell bedingt: In Indien oder Italien berühren sich die Männer mehr als um den Zürichsee. In der Romandie küssen sich Männer mehr auf die Backen als in der Deutschschweiz - neben dem Röstigraben besteht auch ein Backenküssen-Graben.

Auf ähnliche Art lernen Buben Tränen und Trauer zu verlernen oder zu verstecken, das Interesse an Haushaltsarbeit oder Puppen zu verdrängen und sich frühzeitig alles «Weibliche» abzugewöhnen, um nicht in der Clique aufzufallen und eine Ausgrenzung zu riskieren. Diese «Regeln» des Mannseins werden den einzigen präsenten männlichen Vorbildern in ihrem Alltag abgeschaut: von den um ein paar Jahre älteren Jungs auf dem Pausenplatz. Weil Väter oft seelisch oder körperlich abwesend sind, bleiben als erwachsene männliche Vorbilder hauptsächlich Sporttrainer, Filmhelden und Rockstars. Die Jungs kommen sich oft wie im Film «Herr der Fliegen» vor: Sie improvisieren eigene Initiationsriten und Grenzerfahrungen ohne reife Männer, die sie auf den Weg begleiten könnten. Unerfüllte menschliche Grundbedürfnisse müssen kompensiert werden. Wenn die Jungen im Primarschulalter sich nicht zärtlich berühren dürfen, müssen sie andersweitig Körperkontakt erhalten. Der Mensch braucht Körperkontakt, denn fehlende Zuwendung kann die seelische Entwicklung behindern. Wo finden unsere jungen Söhne die lebensnotwendige körperliche Nähe?

Eine improvisierte Antwort ist der freundschaftliche Schlagaustausch. Ein Kumpel schlägt dem andern auf die Schultern, der mit derselben Stärke zurückschlägt. Diese komisch anmutenden Streicheleinheiten bedeuten, dass ein richtiger Kollege die friedliche Absicht eines schmerzhaften Schulterklapses erkennt. Nur ein Feind würde das als Angriff missverstehen und noch fester zurückschlagen. Eine weitere Antwort ist «moste» oder «hufe». «Hufe» oder «Krüzbigele» sieht so aus: Ein Kind wird auf den Boden geworfen, dann springen alle darauf. «Moste» ist ungefähr das Gleiche, aber stehend. Wie «Freundschaftskämpfli» und Rammeln bieten diese Gewaltspiele ritualisierten Vollkörperkontakt, ohne zu riskieren, als unmännlich zu gelten.

Noch eine Antwort, die einige Jahre später auftaucht, ist ein attraktives Mädchen, das fünf bis zehn Jahre mangelnde Zärtlichkeit kompensieren sollte. Dass beide davon überfordert sind, ist vorprogrammiert und kann zu Betatschen und weiteren Übergriffen führen.

Es gibt aber Buben, die weder rammeln noch kämpfen, die eine weniger kriegsorientierte Männlichkeit leben. Sie werden oft mit Übernamen wie «Feigling», «Muttersöhnchen», «Schwächling», «Meitli», «Schwudi» oder «Hosenscheißer» betitelt. Der nicht kampfbereite Junge ist kein «richtiger» Mann, wird deshalb ausgeschlossen oder sogar zusammengeschlagen.

Die meisten Buben entscheiden sich schnell, diese Rolle möglichst zu meiden. Mann schließt sich einer Gruppe an, um sich sicher zu fühlen. Die Gruppe hilft mit, wenn die individuelle oder die Gruppenehre verletzt scheint, um das unsichere Mannsein zu sichern. Die Clique übt Vergeltung aus, beweist dadurch ihre Stärke und beugt weiteren Angriffen gegen ihre Mitglieder vor. Mögliche Feinde - d.h. diejenigen, die nicht zur Clique gehören - werden lächerlich gemacht und als minderwertig betrachtet. Solche Abspaltungen sind nötig, falls Gewalt gerechtfertigt und das Gewissen beruhigt werden muss. Diese Muster der Verabscheuung des Gegners - bis hin zum Absprechen der Menschenwürde - werden auch als Sportfan oder Fußballer eintrainiert und später im Militär abgerufen.

Jeder «herzige» kleine Bub sollte später als junger Erwachsener bereit sein, als Soldat sein Leben zu riskieren oder das Leben eines anderen jungen Mannes zu nehmen. Männliche Vorbilder, aggressiver Sport sowie stereotypische Figuren in Märchen und in den Medien wirken zusammen, um ihn seelisch zu panzern und Gewalt als männlich zu definieren.

Männer eignen sich durch die dominante Männlichkeit viel nützliche Eigenschaften an: Ausdauer, Teamarbeit, Leistungsfähigkeit, körperliche Stärke, Durchsetzungsvermögen, um einige zu nennen. In der heutigen Gesellschaft, in der mehr Krankenpfleger als Holzfäller und mehr Kundenfreundlichkeit als Kampfgeist gefragt sind, bekommen andere Männlichkeitsentwürfe Aktualität. Die persönlichen und gesellschaftlichen Kosten einer traditionellen Sozialisation sind nicht weiter tragbar.

Diese Muster sind eigentlich ungesund für die Männer und nehmen zeitweise gefährliche Formen an. Häusliche Gewalt von Männern gegen Frauen und Kinder zeigt die Notwendigkeit, die Bindung zwischen Männlichkeit und Gewaltbereitschaft zu durchbrechen. Der Zuger Amokläufer ist nur ein bekanntes Beispiel für die Gewalt, die von Männern gegen sich und andere ausgeübt werden kann. Die Gefängnisse und Jugendheime sind zu 75% bis 90% männlich belegt. Wäre die männliche Lebenserwartung immer noch kürzer als die der Frauen, wenn sich Männer nicht durch riskantes Verhalten (Suchtmittelkonsum, gefährliche Sportarten, Autoraserei) und Leistungsstress kaputt machen würden? Die Kosten tragen nicht nur die betroffenen Männer, sondern auch ihre Opfer, die Krankenkassen und das Justizsystem.

Immer mehr Männer in den Industrieländern merken, dass in Folge der herrschenden Männlichkeit trotz des Gewinns zu viel verloren geht. Sie suchen Orte auf, wo sie über ihre Sozialisation nachdenken und sie hinterfragen können. Die Chancen scheinen besser, dass die neue Generation von Buben andere Konzepte von Männlichkeit erleben kann. Wie die Männer brauchen auch Knaben Räume, wo sie lernen können, Konflikte ohne Gewalt zu lösen, ihre Verletzlichkeit preiszugeben und eine lebenstüchtigere und lebensfreudigere Männlichkeit für sich zu entwickeln. Dies bedeutet institutionelle Veränderungen: Eine humanisierte Schule ist die Voraussetzung für humanisierte Jungen.

Buben- und Männerarbeit beinhaltet neben wertvollen Gesprächen über Themen wie Väter und Söhne, Liebe und (Homo-, Bi- und Hetero-)Sexualität, Beruf und Freizeit, Gesundheit und Risiko auch, dass sie durch Massage und Bewegungsspiele erleben, dass Körperkontakt nicht mit Schmerz verbunden werden muss. Aggressionen können mit einem Boxsack oder beim fairen «Hoselüpfe» abgedämpft werden. Konflikte können geschlichtet anstatt angeheizt werden. Am wichtigsten ist die Erfahrung des Miteinanders unter Männer, wo gegenseitiger Respekt und Ehrlichkeit erfahrbar sind. Für diese Bubenarbeit – in der Schule oder Freizeit – sind bewusste Männer unabdingbar, die Buben dort abholen, wo sie stehen, und ihnen aus dieser Sackgasse helfen.

Welche Männlichkeiten sind heutzutage zeitgemäß? Jeder muss darauf eigene Antworten finden. Wir Männer befinden uns in einer Entwicklungsphase neuer Männlichkeitsentwürfe. Jeder werdende Mann sollte sich mit Fragen der Erwerbstätigkeit, Haushaltsarbeit und Erziehung auseinander setzen. Auf dem Weg zu gerechten Beziehungen mit Frauen und Männern – und mit Kindern – braucht er eine Gelegenheit, sich selber, mit seinen Stärken und Schwächen, besser kennen zu lernen und einen eigenen ehrlichen Umgang damit zu finden. Weiter müssten Männer lernen, der Vielfalt des

Lebens konstruktiv zu begegnen: Menschen anderer Nationalitäten, Religionen, sexuellen Vorlieben... Letztlich hoffe ich, dass jeder Junge seinen Weg mit Respekt vor sich und vor anderen machen kann.

Doch der passive Softie beeindruckt nicht. Was wir meines Erachtens brauchen, sind mutige, einfühlsame Männer, die sich für Gerechtigkeit einsetzen, die Zivilcourage beweisen, das Leben kreativ gestalten und allenfalls verwahrloste junge Männer begleiten können. Männer wie Nelson Mandela, Kofi Annan, Martin Luther King Jr., leb(t)en eine Männlichkeit vor, die einerseits auf Fairness und Versöhnung, andererseits auf Tapferkeit und Führungsstärke basieren. Hierzulande gibt es auch (jedoch weniger bekannte) Friedenskämpfer, die ähnlichen Idealen folgen – in der Familie, in der Gemeinde, am Arbeitsplatz oder in der Politik.

In vielen wirtschaftlich ärmeren Ländern scheint es mir, dass die am Anfang benannten Bedingungen für eine gesellschaftliche Neubetrachtung des Mannseins fehlen. Wo Armut und Unterdrückung zum Alltag gehören, wo Krieg (auch gegen die Industrieländer) nicht technisiert geführt wird, ist eine Abhärtung der Männer vielleicht nicht vermeidbar.

Denn ohne die Humanisierung der Männer wird eine Humanisierung der Gesellschaft nicht möglich sein. Aber ohne eine Humanisierung der Gesellschaft ist eine Humanisierung der Männer undenkbar. Dazu kann jeder Mann einen Beitrag zur Entwicklung von humaneren und zeitgemäßen Männlichkeiten leisten.

Arnold Hottinger, *1926; war während 30 Jahren Nahost-Korrespondent der Neuen Zürcher Zeitung und von Radio DRS. Er gilt als einer der besten Kenner der arabischen Welt.

diskussion

Arnold Hottinger

Die Zeit der asymmetrischen Kriege

Asymmetrische Kriege gibt es schon lange. Als Darius in das Land der Skythen vorstieß, fiel er einem asymmetrischen Krieg zum Opfer (Herodot 4,118 ff). Der Begriff «Guerrilla» stammt aus der Zeit, als das spanische Volk sich gegen die Besatzungsarmee Napoleons erhob. Doch heute sieht es so aus, als ob es beinahe nur noch asymmetrische Kriege geben könne. Der vorletzte symmetrische Krieg, in dem sich zwei staatliche Armeen gegenübertraten und einander bekämpften, liegt zehn Jahre zurück. Es war jener der Amerikaner gegen Saddam Hussain. Er machte sehr deutlich, dass es eine einzige kriegstechnologische Supermacht gab und dass es ein klarer politischer Fehler war, sie mit einer regulären Armee bekämpfen zu wollen. Saddam erkannte übrigens diesen Fehler selbst noch rechtzeitig, er zog seine Elitetruppen, die Präsidialgarde, kampflos aus Kuwait ab und ließ nur die gewöhnlichen irakischen Soldaten als Kanonenfutter für die Amerikaner in Kuwait zurück. Diesem Manöver verdankt er sein bisheriges politisches Überleben. – Der bisher letzte symmetrische Krieg war jener der Erythräer mit den Äthiopiern von Februar und März 1999. Er endete nach viel Blutvergießen mit einem Kompromiss auf Grund von internationalem Eingreifen.

Auch die kriegstechnologisch hoch entwickelten Mächte zweiten Ranges führen kaum mehr frontale Kriege gegeneinander. Die Risiken sind zu groß geworden, besonders wenn eine oder beide Seiten Atomwaffen besitzen. Die alles überragende Supermacht der Amerikaner ist überhaupt gegen Kriege der Kleineren, und sie sorgt nach Kräften für Ruhe. Indien und Pakistan sind - so steht zu hoffen - aktuelle Beispiele hierfür.

Bleiben die asymmetrischen Kriege. Ihre Zahl nimmt zu. Zur Zeit kann man leicht ein Dutzend davon auf dem Erdball aufzählen. Man sieht sie am besten als Verzweiflungskriege. Bevölkerungen - oder Gruppen von ihnen - erheben sich aus Verzweiflung über die ihnen auferlegten Lebensbedingungen, die ihnen ihr Leben als nicht mehr lebenswert erscheinen lassen. Sie schlagen um sich, mit den wenigen Mitteln, die es für sie gibt, um sich und ihre Lage der Außenwelt überhaupt nur bemerkbar zu machen. Die ersten Toten bringen sie in die Weltpresse. Vorher hatte man sie übersehen. Unweigerlich geraten sie in Konflikt mit einer technologisch hoch gerüsteten Armee, meist der ihres eigenen Landes. Sie hat keine Schwierigkeiten, die Lufthoheit über ihnen an sich zu reißen, und sie besetzt ihr Land. Sie versucht, die Rebellen zu terrorisieren, um sie zur Unterwerfung zu zwingen, zerstört ihre Häuser und Städte, oft mit Frauen und Kindern darin, legt ihre Wirtschaft lahm, um sie auszuhungern. Palästina und Tschetschenien sind gegenwärtige Beispiele. Solche Kriege sind asymmetrisch, weil die kriegstechnologisch entwickelte Macht, so gut wie immer die eines Staates, gegen kriegstechnisch weit unterlegene Auflehnungskräfte eingesetzt wird.

In der zweiten Hälfte des vergangenen Jahrhunderts genossen die Träger der Verzweiflungsaufstände die Sympathie weiter Kreise unter den Intellektuellen der kriegstechnologisch entwickelten Staaten und damit einen gewissen Propagandavorteil. Er half ihnen zum Beispiel, nach schweren Opfern den Vietnam Krieg zu gewinnen, wobei allerdings das Engagement des sowjetischen Staates auf ihrer Seite auch nicht übersehen werden darf. Allgemein wirkte der Kalte Krieg sich zu Gunsten derartiger Aufständischer aus. Er erlaubte ihnen, eine Schaukelpolitik zwischen den beiden großen Blöcken zu führen, die beide zu den kriegstechnologisch hoch entwickelten Mächten gehörten und einander einigermaßen die Waage hielten. Neuerdings wird die staatliche Macht systematisch durch die Medien unterstützt, die sie zu beherrschen oder zu beeinflussen gelernt hat. Das Ende des Kalten Krieges mit dem Überleben einer einzigen Supermacht hat den Freiraum der Verzweiflungsaufstände weiter reduziert und die Aussichten auf ihren Erfolg stark vermindert.

Die asymmetrischen Kriege haben ihre eigene Logik. Der technisch überlegene Akteur zielt darauf ab, möglichst wenig Soldaten zu verlieren, aber dennoch mit seinen Kriegsmitteln einen möglichst großen Schaden unter den technologisch unterlegenen Aufständischen anzurichten. Er überschreitet dabei leicht die Grenze zwischen Zivilbevölkerung und Kämpfenden, nicht nur, weil im «irregulären Krieg» die einen schwer von den anderen zu unterscheiden sind; auch weil seine Kriegsmittel in der Praxis nicht wirklich in der Lage sind, die einen und den anderen zu unterscheiden. Die Bomben treffen, wen sie treffen. Dies nennt man vornehm «collateral damage». Auch der klassische Begriff vom Kriegsgefangenen und Verwundeten wird verwischt. Gefangene Partisanen «muss man» foltern, um Informationen von ihnen zu erlangen. Man legt Minen, weil sie weniger Tote als Verwundete verursachen und weil ihre Verwundeten zu versorgen für die bekriegte Gruppierung aufwändiger ist, als ihre Toten zu begraben oder liegen zu lassen.

Auf der Gegenseite der technologisch Unterlegenen besteht ebenfalls eine Tendenz, die althergebrachte

Kriegsethik zu übergehen. Die Verzweiflungskämpfer sehen sie als einen Luxus an, den sie sich nicht leisten können. Die Bombe wird eine wichtige Waffe, weil man nicht in der Lage ist, wirksam zu schießen. Die Selbstmordbombe ist wirksamer als eine bloß irgendwo hingelegte Bombe, und sie wird daher immer mehr eingesetzt. Selbstmordbereite Menschen zu finden, fällt den Verzweiflungskämpfern selten schwer. Verzweifelte sind bei ihnen nicht Mangelware. Bombenziele sind zunehmend nicht nur Kämpfer der anderen Seite, sondern auch ihre Zivilisten und sogar gänzlich unbeteiligte Unschuldige, die sich als Opfer von sensationellen Anschlägen eignen. Den Schritt von Bombenanschlägen auf Kombattante zu solchen auf Zivilisten kann man als den Übergang vom «Widerstand» zum «Terrorismus» ansehen, wenn man dem heute allzu lose, weil propagandistisch, gebrauchten Begriff «Terrorismus» einen konkreten Inhalt geben will. «Collateral damage», der ja auch Zivilisten und Unbeteiligte trifft, kann man insofern vom «Terrorismus» unterscheiden, als der erste als unbeabsichtigt hingestellt wird (aber ist er es wirklich?), vom anderen jedenfalls eingeräumt werden muss, dass er geplant und beabsichtigt sei, auch wenn er sich gegen Unbeteiligte richtet (nur, bleibt den Verzweiflungstätern eine andere Wahl?).

Allgemein gilt, dass die asymmetrischen Kriege eher noch grausamer und noch zerstörerischer sind als die symmetrischen. Eine reguläre Armee kann eine «Widerstand leistende» Bevölkerung nur insofern besiegen als sie ihren Widerstandsgeist bricht. Terror oder physische Liquidation (=Genozid, wenn es sich um ein ganzes Volk handelt) sind die einzigen Mittel, um dies zu erreichen. Die Widerstand Leistenden sind ihrerseits darauf angewiesen, den Willen einer regulären Armee oder ihrer politischen Lenker zu brechen, wenn sie ihre Ziele erreichen wollen. Auch für sie ist Terror neben physischer Liquidation das einzige Mittel, das zum Ziel führen kann. Das Kriegsrecht und die Kriegsethik bleiben dabei auf der Strecke. Sie wurden in Kriegen von Armee gegen Armee herausgebildet. Zu asymmetrischen Kriegen passen sie nicht.

Kann man den asymmetrischen Krieg vom 11. September gegen New York, den Ben Ladhen auslöste, auch als einen Verzweiflungskrieg bezeichnen? – Auf den ersten Blick nicht. – Doch warum tat er es eigentlich? – Die Antwort kann nur lauten: Aus Fanatismus, der aus einer ideologischen Überspanntheit resultierte! – Dies war insofern eine Verzweiflungstat, als sie auf inneren, selbst induzierten ideologischen Zwang zurückgehen muss. Ben Ladhen hatte sich eingeredet oder einreden lassen, dass er seine Umwelt entscheidend verbessern müsse (natürlich im Sinne der islamistischen Ideologie) und sie durch seine Untat entscheidend verbessern könne. Der vermeintliche Zwang, sie entscheidend verändern zu müssen, war für ihn und die Seinen, die Islamisten seiner Couleur, unwiderstehlich geworden. Eine Verzweiflungstat war es insofern, als sie auf der Verzweiflung beruhte, die Welt mit anderen als verzweifelten Mitteln «islamisieren» zu können.

Asymmetrische Kriege sollten womöglich vermieden werden. Ihre Kosten sind viel zu hoch. Wie erreicht man das? – Sicher nicht einfach, indem man die Verzweiflungstäter vom Erdboden vertilgt oder sie in den Erdboden bombardiert. Obgleich Abschreckungs- und Strafmaßnahmen als erste Schritte notwendig sein dürften. Begnügt man sich aber damit, wird man in kurzer Frist neue Verzweiflungstäter zu gewärtigen haben. Man müsste die Gründe der Verzweiflungen (denn sie können vielerlei Art sein) zuerst erkennen lernen und sie dann abbauen. Das Erkennen setzte Einfühlungsvermögen voraus; das Abbauen ein Minimum von Altruismus (der sich mittelfristig gesehen sogar als eigener Vorteil erweisen könnte).

Bevor Reduktionsanstrengungen der weltweiten Verzweiflung greifen können, muss wahrscheinlich eine Revision der Freimarktdogmatik vorgenommen werden, die die Welt in dem Jahrzehnt seit dem Ende des Kalten Krieges in ihren Bann geschlagen hat. Aus der einfachen Tatsache, dass Märkte nur funktionieren, wenn sie sich innerhalb eines geregelten Marktes abwickeln, nicht im Dschungel der Privilegien der Mächtigen, müssten die Konsequenzen gezogen werden, die freilich den Mächtigen wenig gefallen dürften. Sich selbst regelnde Marktwirtschaft kann nur wirklich funktionieren, wenn es politische Freiheiten, Diskussionsfreiheit, Gewaltentrennung mit einem funktionierenden Rechtswesen, das auch gegen Monopole vorgehen kann, und Regierende gibt, die für ihre Taten zur Verantwortung gezogen werden können. Solange solche Institutionen nicht funktionieren, darf man sich nicht auf die angeblichen Märkte verlassen, die in Wirklichkeit gar keine sind. Vielmehr hat man darauf hinzuarbeiten, dass die notwendigen Voraussetzungen für eine echte Marktwirtschaft schrittweise geschaffen werden, und muss man in der Zwischenzeit über den «Krieg gegen den Terrorismus» hinaus einen wirklichen Krieg gegen alle Macht- und Wirtschaftsmonopole führen, die darauf ausgehen, durch ihre Übermacht andere zu Verzweiflungstaten zu zwingen.

Thomas Binotto, *1966. Studium der Philosophie in Zürich. Seit 1993 Berufsjournalist mit den Schwerpunkten Religion, Kulturgeschichte und Film. Derzeit Redaktor der Zeitschrift «forum – Pfarrblatt der Katholiken im Kanton Zürich» und freier Filmjournalist. 2001 ist von ihm «Gewusst wie und woher – Christliches Brauchtum im Jahreslauf» Comenius-Verlag, erschienen.

Thomas Binotto

An ihren Worten sollt ihr sie erkennen

Von der frommen Sprache der Politik und der kriegerischen Sprache der Religion

Man nehme ein bekanntes biblisches Wort, beispielsweise «An ihren Früchten sollt ihr sie erkennen» (Matthäus 7,16), ersetze «Früchte» durch «Worte», und fertig ist die bibeltümelnde Schlagzeile. Genauso – und raffinierter – nimmt der gewiefte Staatsmann die Religion in seine Dienste. Und genauso – und raffinierter – macht sich der kämpferische Theologe die Erkenntnisse des Militärs zu Nutze.

Ein Beispiel gefällig? «Liebi Fraue und Manne», diese einst harmlos alltägliche Anrede wurde zum Signet Christoph Blochers, zur Chiffre für ein mit Pathos vorgetragenes Glaubensbekenntnis von fast schon paulinischem Ausmaß, was sich bei «Brüder und Schwestern» kaum ein Prediger mehr zu erlauben wagt.

Winston Churchill hat an den Rand seiner Konzepte für Parlamentsreden jeweils das Kürzel «Fit A.G. in!» gesetzt. Für den Adjutanten, der die Rede dann ausformulieren musste, bedeutete das: «Fit All-powerfull God in!»[1] – Sinngemäß: «Sorg für religiöses Ambiente und erhabenes Pathos!»

Und kein geringerer als der Kirchenvater Augustinus hat den Begriff vom «militanten Christen» geprägt: «Steht die Fähigkeit des beredten Vortrags, die beim Überzeugen vom Unrechten wie vom Rechten das Meiste vermag, beiden Seiten zur Verfügung, warum eignen die Guten sie sich nicht voller Eifer an, damit sie Kriegsdienst leisten für die Wahrheit, wenn doch die Schlechten sie in der Verfechtung verdrehter und windiger Sachen zum Nutzen der Ungerechtigkeit und des Irrtums ausnutzen?!» [2] – Kurz und bündig: Gut gemeint ist noch lange nicht gut geredet.

Kriegsherren wie Napoleon haben sich der Religion genauso bedient, wie sich der geläuterte Soldat Ignatius von Loyola an die Tugenden des Kriegshandwerks erinnerte. Napoleon gab vor dem Staatsrat bereitwillig zu Protokoll: «Ich habe den Krieg in der Vendée beendet, indem ich katholisch wurde, in Ägypten habe ich dadurch Fuß gefasst, dass ich mich zum Mohammedaner machte, und die italienischen Priester gewann ich, indem ich ultramontan wurde. Wenn ich über das jüdische Volk herrschte, würde ich den Salomonischen Tempel wieder aufbauen lassen.» [3]

Und Ignatius beschreibt in seinen Exerzitien, wie man sich unter dem Banner des höchsten Heerführers Jesus zu versammeln habe. Seine Anleitungen zum geistlichen Leben nehmen einerseits fast alles vorweg, was wir glaubten, mit dem autogenen Training entdeckt zu haben, und ergänzt es durch die Erkenntnis, dass militärischer Drill nicht schaden kann – ein Trainingsprogramm für kirchliche Spitzenathleten. Ignatius war es übrigens auch, der etwas erfunden hat, was wir allgemein für genuin militärisch halten, den Kadavergehorsam. Seinen Ordensmitgliedern befahl er gegenüber ihren Oberen unbedingten Gehorsam, als «wären sie ein Leichnam, der sich überallhin tragen und auf jede Weise behandeln lässt».

Das sind nur zwei stellvertretende Beispiele. Genauso ließe sich dasselbe mit Otto von Bismarck, Charles de Gaulle oder John F. Kennedy belegen. Und mit Bernhard von Clairvaux, Josemaría Escrivá de Balaguer oder der Heilsarmee.

Was zuerst war: Machtansprüche religiös zu verbrämen oder Wahrheitsansprüche gewaltsam durchzusetzen – diese Frage wird nie zu beantworten sein. Schon in der Bibel werden mal Schwerter zu Pflugscharen geschmiedet und dann wieder Pflugscharen zu Schwertern. [4]

Die gesamte Menschheitsgeschichte ist ein Beleg dafür, dass der Mensch von Natur aus sowohl kriegerisch wie religiös veranlagt ist, und dass diese beiden Archetypen nicht selten eine unheilsame Verbindung eingehen.

Karl der Große hat die Sachsen weder aus purer religiöser Überzeugung noch aus reinem politischem Kalkül zwangschristianisiert – beides hat eine Rolle gespielt und verheerend gewirkt.

Die Kreuzzüge wurden mit dem Ruf «Dieu le veut» propagiert. Aber auch das war nur scheinbar eine rein kirchliche Angelegenheit. Dahinter verbarg sich religiöses Sendungsbewusstsein genauso wie gierige Eroberungsgelüste.

An «ihren Früchten sollt ihr sie erkennen». Was das Christentum betrifft, lassen sich damit ganze Heilsgeschichten, aber auch Kriminalgeschichten füllen. Und es dürfte keine riskante Behauptung sein, dass das für alle anderen Religionsgemeinschaften genauso zutrifft – und für die Politik erst recht. Für eines der düstersten Kapitel der Aneignung und Pervertierung christlichen Gedankenguts steht der Nationalsozialismus. Victor Klemperer spricht von der «furchtbaren Prostituierung der Evangeliensprache». Einer von unzähligen Belegen dafür stammt von Hermann Göring, der jubelte: «Wir alle, vom einfachen SA-Mann bis zum Ministerpräsidenten, sind von Adolf Hitler und durch Adolf Hitler!» [5] Inhaltlich wie rhetorisch bediente er sich ungeniert im Römerbrief und der katholischen Liturgie. Oder ein Schuldiktat von 1934, in dem es zu schreiben galt: «Wie Jesus die Menschen von der Sünde und Hölle befreite, so rettete Hitler das deutsche Volk vor dem Verderben. Jesus und Hitler wurden verfolgt, aber während Jesus gekreuzigt wurde, wurde Hitler zum Kanzler erhoben. [...] Jesus baute für den Himmel, Hitler für die deutsche Erde.» [6] Diese schamlose Vergötterung Hitlers und seines Regimes hat offenbar mehr Christen angeheimelt und für diese «heilige» und «ewige Mission» eingenommen, als dass sie sich davon angewidert abgewandt hätten.

Als Dominikus die Inquisition erfand, wollte er damit ursprünglich den Dialog in Glaubensfragen eröffnen. Anstatt aus dem fernen Rom über die Katharer zu richten, wollte er sie kennen lernen, wollte nachfragen und diskutieren – eben im wörtlichen Sinne inquisitorisch wirken. Das war zunächst ein Fortschritt: Weg vom dumpfen Vorurteil und hin zur intellektuellen Auseinandersetzung. Dass daraus ein Werkzeug der Macht wurde, dass man den Ketzer – und nicht nur den Katharer – zum Feind machte und, anstatt ihn zu verstehen und allenfalls zu überzeugen, dazu überging, ihn zunächst mund- und dann ganz tot zu machen, das ist nicht nur eines der düstersten Kapitel der Kirchengeschichte, sondern auch ein tragisches, weil eine im Ansatz der Verständigung dienende Idee in ihr Gegenteil verkehrt wurde.

Genauso erging es Bartholome de las Casas, der sich vehement gegen die Versklavung der Indianer im neu eroberten Südamerika wandte und dabei unvorsichtigerweise die schwächliche Physis der Ureinwohner mit der robusten der Afrikaner verglich, was die Sklaventreiber erst auf die Idee brachte, die ineffizienten Indianer durch die nützlicheren Neger zu ersetzen.

Während die Intentionen von Dominikus und las Casas nachweislich pervertiert wurden, kann man Papst Gregor XV. von einer historischen Schuld nicht freisprechen. Er war nämlich der Erfinder der Propaganda. Zwar hatte auch er es am 22. Juni 1622 mit der Gründung der «Sacra Congregratio de Propaganda Fide» zur Verbreitung des katholischen Glaubens nicht nur schlecht gemeint. Immerhin gab er an, die Waffen des Krieges durch jene der Rhetorik ersetzen zu wollen: «Sanfte und liebevolle Mittel wie Predigt, Belehrung, Ermahnung, Gebet, Fasten, Almosen, Sakramente, Bitten und Tränen, ohne Geräusch und mit sanftem Schweigen.» Aber schon in der Gründungsbulle schlägt Gregor Töne an, von denen der Schritt zurück zum Krieg nicht mehr weit war: «Wo aber im Abendland durch Unsere Schuld der böse Feind nach dem guten Samen den Unglauben ausgestreut hat, da ist diese unselige Saat schon so hochgeschossen, dass zahlreiche Seelen verdorben und dem Reiche Christi ganze Provinzen entrissen und unter die Herrschaft des Bösen gebracht worden sind.» [7]

Gegründet wurde das vatikanische Propagandaministerium, um den Protestantismus zu bekämpfen. Natürlich taten das die Theologen in ihren gelehrten Schriften längst, aber jetzt ging es darum, dieses Gedankengut unters Volk zu bringen. Wie aber sollte das gelingen? Durch das Singen von Liedern! Beispielsweise von «In gotes namen fara wir», das ursprünglich bei der Abreise zu den Kreuzzügen gesungen wurde, also schon propagandistisch wirkte, bevor noch der Begriff dafür erfunden war. Dieser Kreuzzugsruf, eines der ersten volkstümlichen Kirchenlieder überhaupt, wurde von den Reformatoren nicht etwa abgelehnt, sondern für ihre Zwecke umfunktioniert. Indem sie die bekannte Melodie mit einem neuen Text unterlegten, schufen sie einen eigentlichen Protest(anten)song, was wiederum die Fantasie der katholischen Gegen-Propaganda zum einprägsamen Slogan «halt rein die Kirch von falscher Lehr» anregte – und der hat sich dann bis vor wenigen Jahren im Katholischen Kirchengesangbuch halten können.

Dass Anverwandlung oft schneller zum Ziel führt als Frontalangriffe, das haben später auch die französischen Revolutionäre und die Gründerväter der USA erkannt. Ihnen verdanken wir die Zivilreligion und damit etwas, was heute noch kaum wahrgenommen wird und doch viel wirkungsmächtiger ist als die Säkularisierung der Religion: die Sakralisierung der Politik. – «Fit A.G. in!»

Ein historisches Ereignis, das als Zeichen für die Sakralisierung der Politik stehen könnte, ist die Selbstkrönung Napoleons. Zwar gehörte der Papst noch zu den geladenen Gästen, aber er, der einst die Erde in eine spanische und eine portugiesische Hemisphäre einteilen konnte, hatte als Legitimator der Mächtigen abgedankt.

Heute wird die Sakralisierung der Politik in der westlichen Welt nirgends deutlicher als in den USA. Und ganz besonders nach dem 11. September. (Schon das Weglassen der Jahrzahl ist im Grunde eine Form der Sakralisierung, weil damit ein Ereignis in den Stand eines Gedenktages erhoben wird.)

Einmal mehr wurde deutlich, dass auf den Dollarnoten zwar «In God we trust» steht, dass die eigentliche Religion der Amerikaner aber Amerika selbst ist, oder um es zivilreligiös zu sagen, der «american way of life». [8]

Zu den Merkmalen der sakralisierten Politik – und das nicht nur in den USA – gehören:

1. Auserwähltheit und Universalität

Auf der Eindollarnote steht zu lesen: «Novus ordo seculorum». Ausgerechnet lateinisch wird damit verdeutlicht, dass der weltumspannende Segen, der einst – und für ein paar unentwegte Katholiken noch heute – «Urbi et orbi» hieß, nun von den USA gespendet wird. Sie sind der Garant für die neue Weltordnung, von der schon 1787 James Madison überzeugt war, dass sie nirgendwo anders, wenn überhaupt, gelingen könne. [9] Nirgends tritt dieser Auserwähltheitsgedanke deutlicher hervor als in Hollywoods populären Kinospektakeln wie «Independence Day» oder «Armaggeddon». Mag auch die ganze Welt bedroht sein, die Erlösung von dem Bösen ist eine amerikanische Angelegenheit, und wenn sich jemand schart, dann die ganze Welt hinter dem amerikanischen Präsidenten. Und wenn Bruce Willis in «Armaggeddon» gegen den bösen Kometen zu Felde zieht, dann begleiten ihn selbstredend zwölf Jünger auf seiner Mission.

2. Sendungsbewusstsein

Den Krieg in Afghanistan führen die USA stellvertretend für alle Nationen, ja sogar für die Afghanen selbst. Wie schon Woodrow Wilson, der 1917 von einem «Kreuzzug für die Freiheit» sprach und davon, diesen Krieg für die Freiheit aller Nationen einschließlich der Deutschen zu führen, betont auch George W. Bush unaufhörlich: «Dies ist nicht nur ein Kampf Amerikas. Und es geht hier nicht nur um die Freiheit Amerikas. Dies ist der Kampf der gesamten Welt. Dies ist der Kampf der gesamten Zivilisation. Es ist der Kampf aller, die an Fortschritt und Pluralismus, Toleranz und Freiheit glauben.» [10] Und William Gladstone sagt: «Bedenket, dass das Leben in den Dörfern Afghanistans auf schneebedeckten Bergen in den Augen des allmächtigen Gottes heilig und ebenso unverletzlich ist, wie das eure nur sein kann. Bedenket, dass Er, der euch als menschliches Wesen aus demselben Fleisch und Blut geschaffen hat, euch auch das Gesetz der Nächstenliebe gegeben hat, dass dieses Gebot der Nächstenliebe nicht an den Gestaden dieser Insel seine Grenzen findet und auch über den Bereich der christlichen Zivilisation hinaus gilt, dass es sich unermesslich über die ganze Oberfläche der Erde erstreckt und Größtes und

Kleinstes umfasst!» Allerdings ist Gladstone kein republikanischer Abgeordneter des Kongresses, sondern er war ein englischer Parlamentarier, der mit diesem Votum 1879 für die militärische Intervention der Engländer in Afghanistan warb.

3. Mission

Was bei Gladstone überdeutlich wird, gilt für die Propaganda sämtlicher Kriege. In den Krieg zieht man nur mit den hehrsten Motiven im Gepäck. Das Wort «Rache» oder «Vergeltung» wird von amerikanischen Politikern im Zusammenhang mit dem Krieg in Afghanistan denn auch tunlichst vermieden. Nochmals George W. Bush: «Uns ist großer Schaden zugefügt worden. Wir haben einen großen Verlust erlitten. Und in unserer Trauer und Wut haben wir unseren Auftrag und unsere Bewährungsprobe gefunden. Freiheit und Furcht führen Krieg. Die Verbreitung der menschlichen Freiheit – die große Errungenschaft unserer Zeit und die große Hoffnung jeder Ära – hängt jetzt von uns ab. Unsere Nation – diese Generation – wird unsere Menschen und unsere Zukunft von einer dunklen Bedrohung durch Gewalt befreien. Wir werden durch unsere Bemühungen und unseren Mut die Welt für diese Sache zusammenbringen. Wir werden nicht müde werden, wir werden nicht straucheln, wir werden nicht versagen.» [11]

4. Sinnsprüche

Franklin D. Roosevelt war ein Meister der Losung. In seinen legendären Radioansprachen an das amerikanische Volk wimmelt es von einprägsamen Merksprüchen. Der bekannteste ist vielleicht: «Das Einzige, was wir zu fürchten haben, ist die Furcht selbst.» Das sind Sentenzen, die sicher nicht zufällig an die berühmteste Merkrede aller Zeiten, an die Bergpredigt, erinnern. Eine wirkungsvolle Losung wurde auch herausgegeben, als die Anschläge am 11. September als Angriff auf die gesamte zivilisierte Welt bezeichnet wurden. So prägnant war diese Losung, dass sie praktisch weltumspannend widerspruchslos übernommen wurde, von Bundeskanzler Gerhard Schröder in der staatsmännisch hochglanzpolierten Version bis zu Bundespräsident Moritz

Leuenberger in der schweizerisch zerknitterten. Wie erfolgreich diese Losung war, lässt sich daran erkennen, dass praktisch nie nachgefragt wurde, ob sie denn faktisch auch zutreffe. Und nur ganz wenige haben sich, so wie Moritz Leuenberger, getraut, auch konkret zu benennen, welches denn die nun angegriffenen Werte seien.

Besonders einprägsam sind im Übrigen auch Sinnsprüche mit biblischen Anklängen. Zum Beispiel: «Und niemand wird dieses Licht vom Scheinen abhalten.» [12] Oder das Motto der Widerstandskämpfer in der «Star Wars»-Saga: «Die Macht sei mit dir.» Was griffig formuliert ist, das repetiert sich auch gerne und zeigt so jene Wirkung, die 1937 in einem Lehrbuch für Prediger folgendermaßen beschrieben wurde: «Der Mensch ist eine Gummimasse. Er nimmt Eindrücke ebenso leicht auf, als er sie wieder verliert. Man rechne eben mit dieser Gegebenheit und hämmere darauf los. Immer wieder. Mit dem gleichen Hammer auf die gleiche Stelle. Mögen immer die Menschen wie Gummi sein! Das ewige Hämmern wird doch einmal Wirkung tun. Bleibende Wirkung.» [13]

5. Liturgie und Symbole

Als die New Yorker-Börse wieder eröffnet wurde, geschah das mit einem Gebet, die Glocke wurde geläutet und «God Bless America» gesungen. Es war eine Liturgie, die hier abgehalten wurde. Dass dies nicht nur einer Besinnung auf christliche Traditionen im Angesicht des Schrecklichen gleichkam, belegen die Einsetzung des amerikanischen Präsidenten, die einer Inthronisation des Papstes in nichts nachsteht, oder der Fahneneid, den amerikanische Schüler täglich ablegen. In der hinreißenden Politsatire «Wag the Dog» wird ein Krieg dadurch popularisiert, dass man Symbole kreiert, den Gänsehaut erzeugenden Song komponiert und den einsamen Helden erschafft. Genau das tat auch Georg W. Bush, als er in seiner Rede vor den beiden Häusern des Kongresses eine Polizeimarke hervorholte und den Abgeordneten mit folgenden Worten zeigte: «Und ich werde dies bei mir tragen. Es ist die Polizeimarke eines Mannes mit dem Namen George Howard, der beim Versuch, anderen zu helfen, am World Trade Center starb. Ich habe sie von seiner Mutter, Arlene, bekommen, als stolzes Andenken an ihren Sohn. Dies ist mein Andenken an Leben, die zu Ende gingen, und an eine Aufgabe, die nicht zu Ende geht.» [14]

6. Gemeinschaft und Sinnstiftung

Die USA bezeichnen sich selber gerne als «one nation under God» und bringen damit das zum Ausdruck, was Sidney E. Mead als «eine Nation mit der Seele einer Kirche» bezeichnet hat. [15] Am originellsten hat dieses Credo Franklin D. Roosevelt in ein Wort gefasst: «Interdependence», was Voneinanderabhängigsein bedeutet und gleichzeitig das Wort «Independence», also Unabhängigkeit, umfasst. Sogar eine solche Tragödie wie jene vom 11. September zeigt demnach sogar sinnstiftende Wirkung, indem sie die Nation näher zusammenrückt: «Wir haben gesehen, wie Flaggen gehisst, Kerzen angezündet, Blut gespendet und gebetet wurde - auf Englisch, Hebräisch und Arabisch. Wir haben das Mitgefühl eines liebevollen und hilfsbereiten Volks gesehen, das den Schmerz von Fremden zu seinem eigenen machte.» [16] Genau diese Erfahrung veranlasste Scipio Nascia vor Jahrhunderten zur Warnung, Karthago vollständig zu zerstören, denn nur die Furcht halte letztlich die römischen Sitten aufrecht. [17]

7. Gottgewollt

Ob es einen gerechten Krieg gibt, hat sich Augustinus einst gefragt, und zur Antwort gegeben: «Die Ungerechtigkeit des Feindes nötigt den Weisen, gerechte Kriege zu führen.» [18] Thomas von Aquin hat später die Gründe weiter ausformuliert, die einen Krieg zu einem gerechten machen: Legitimität des Kriegsführenden, Angriff des wirklich Schuldigen und die Verhinderung von etwas Schlechtem oder das Erreichen von etwas Gutem. Dieselben Gründe sind es übrigens auch, mit denen gemeinhin der Tyrannenmord legitimiert wird und die Dietrich Bonhoeffer veranlasst haben, das Hitler-Attentat vom 20. Juli 1944 zu unterstützen. Während die katholische Kirche heute offiziell nicht mehr vom gerechten Krieg und allenfalls noch von legitimer Verteidigung spricht, ist sich George W. Bush in dieser Hinsicht ganz sicher: «Wir wissen, dass Gott nicht neutral zwischen ihnen steht.» Und er fährt fort: «In allen Dingen, die vor uns liegen, hoffen wir darauf, dass Gott uns Weisheit gibt und die Vereinigten Staaten von Amerika schützt.» [19]

Einen Krieg damit zu rechtfertigen, dass man Gott als Verbündeten gewonnen benennt, ist wahrscheinlich so alt wie der Krieg selbst. Kaiser Wilhelm II. sprach vom «großen Alliierten, der noch nie die Deutschen verlassen hat». [20] Und Franco war überzeugt: «Der Krieg ist leichter, wenn man Gott zum Verbündeten hat.» [21] Bezeichnenderweise werden jedoch nur die Siege als gottgewollt betrachtet und niemals die Niederlagen. Die Gottergebenheit, sich in die Entmachtung zu schicken, hält sich bei Machthabern jeglicher Couleur in engen Grenzen. In Europas Kriegen wurden jeweils hüben wie drüben die Kanonen im Namen desselben Gottes gesegnet. Dass es dann aber doch immer Sieger und Besiegte, aber nur selten Unentschieden gab, wurde weder als empirischer Beweis für die Nichtexistenz Gottes noch für sein Desinteresse am Kriegswesen gedeutet.

8. Heilige Stätten

Das Capitol in Washington ist unschwer als Kopie des Petersdoms zu erkennen, in den National Archives wird den heiligen Dokumenten der USA ein Altar bereitet, die Unabhängigkeitserklärung ruht in einer Art Tabernakel und die Heiligen werden in der Hall of Fame verehrt. [22] Und die Twin Towers in Manhattan? Mit ihnen haben die Attentäter zielstrebig und -bewusst eine Kathedrale der Neuzeit ausgewählt und ein «Symbol für Amerikas Wohlstand» [23] zerstört.

9. Entschiedenheit und Gehorsam

Wenn es um den Kampf zwischen Gut und Böse geht, gibt es keine Halbheiten. George W. Bush hat nach dem 11. September mehrmals unmissverständlich klargemacht, dass man in der nun bevorstehenden Auseinandersetzung «entweder für uns ist oder auf der Seite der Terroristen». [24] Und weil niemand auf der Seite der Terroristen sein will, erzwingt Bush damit praktisch die unbedingte Gefolgstreue. Solche Entweder-Oder-Situationen zu schaffen, ist ein gerade von den Kirchen oft verwendetes Disziplinierungsmittel. Und dafür beruft man sich sogar auf Jesus selbst, der sich gegen jegliche Lauheit gewandt habe.

10. Benennen und beherrschen

Als Gott Adam und Eva damit beauftragte, die Wesen der Schöpfung zu benennen, war das ein Akt der Machtübertragung und -abtretung. Einer Sache ihren Namen zu geben, bedeutet, sie zu beherrschen. Das ist im Märchen so, wenn Rumpelstilzchen in dem Moment besiegt ist, wo jemand seinen Namen errät. Und es ist im Krieg nicht anders, den man benennt, um ihn als den seinen zu markieren, ihn zu beherrschen, selbst über Anfang und Ende zu entscheiden. «Infinite Justice» heißt der Krieg in Afghanistan, «Desert Storm» jener am Golf, und ganz bestimmt weht da nicht zufällig ein Hauch von biblischer Ewigkeit.

11. Tridentinische Messe

Mit der Aufgabe der lateinischen Messe hat die katholische Kirche gewollt oder ungewollt auch etwas von ihrem universellen Anspruch aufgegeben. War man vorher als Katholik in sämtlichen Gottesdiensten der Welt zu Hause, ist man heute manchmal schon in der Nachbarpfarrei ein Fremder. Damit wir auf dem Globus dennoch überall eine Heimat finden, gibt es McDonalds, die tridentinische Messe des Global Village. Wer hier eintritt, fühlt sich sofort zu Hause, weil er weiß, dass sein Big Mac überall derselbe ist und wohin der Abfall gehört.

Viele Beispiele für die Verquickung von Religion und Politik. Und wo bleibt bei all dem die Moral? Vielleicht für Kirche und Politik gleichermaßen im biblischen Original: «An ihren Früchten sollt ihr sie erkennen.»

Endnoten

1 vgl. Martin Morlock «Hohe Schule der Verführung» Düsseldorf 1977, S. 287.
2 Aurelius Augustinus «De Doctrina Christiana», Kap. 2.
3 vgl. Morlock, S. 286.
4 vgl. Jesaia 2, 4 und Joël 4, 10.
5 vgl. Siegfried Bork «Missbrauch der Sprache – Tendenzen nationalsozialistischer Sprachregelung» Bern 1970.
6 ebd. S. 83.
7 vgl. Wolf Schneider «Wörter machen Leute» München 1976, S. 120f.

8 Dazu der ebenso originelle wie bedenkenswerte Essay von Werner Kremp «Ist Amerikanismus ein Katholizismus?» in Stimmen der Zeit, Band 219, Freiburg 2001.

9 vgl. Kremp, S. 336.

10 Ansprache vor den beiden Häusern des Kongresses am 20. September 2001: «This is not, however, just America's fight. And what is at stake is not just America's freedom. This is the world's fight. This is civilization's fight. This is the fight of all who believe in progress and pluralism, tolerance and freedom.» (Übersetzung: Zeit.de, 24. 09. 2001; www.zeit.de/reden/Weltpolitik/bush_deutsch_20.1.html).

11 ebd. «Great harm has been done to us. We have suffered great loss. And in our grief and anger we have found our mission and our moment. Freedom and fear are at war. The advance of human freedom – the great achievement of our time, and the great hope of every time – now depends on us. Our nation – this generation – will lift a dark threat of violence from our people and our future. We will rally the world to this cause.» (Übersetzung: Zeit.de, 24. 09. 2001).

12 George W. Bush in seiner Ansprache am 11. September 2001: «And no one will keep that light from shining».

13 vgl. Morlock, S. 274.

14 Ansprache vor den beiden Häusern des Kongresses am 20. September 2001: «And I will carry this: It is the police shield of a man named George Howard, who died at the World Trade Center trying to save others. It was given to me by his mom, Arlene, as a proud memorial to her son. This is my reminder of lives that ended, and a task that does not end.» (Übersetzung: Zeit.de, 24. 09. 2001).

15 vgl. Kremp, S. 335.

16 George W. Bush in seiner Ansprache vor den beiden Häusern des Kongresses am 20. September 2001: «We have seen the unfurling of flags, the lighting of candles, the giving of blood, the saying of prayers – in English, Hebrew, and Arabic. We have seen the decency of a loving and giving people who have made the grief of strangers their own.» (Übersetzung: Zeit.de, 24. 09. 2001).

17 vgl. Rudolf Schottlaender «Politische Beredsamkeit und staatsmännische Weisheit» in Gerd-Klaus Kaltenbrunner (Hrsg.) «Sprache und Herrschaft» München 1975, S. 134.

18 Aurelius Augustinus «Civitas Dei» 19. Buch, 7. Kapitel.

19 Ansprache vor den beiden Häusern des Kongresses am 20. September 2001: «We know that God is not neutral between them.» [...] «In all that lies before us, may God grant us wisdom, and may He watch over the United States of America.» (Übersetzung: Zeit.de, 24. 09. 2001).

20 Morlock, S. 281.

21 ebd.

22 vgl. Kremp, S. 334.

23 Ansprache vor den beiden Häusern des Kongresses am 20. September 2001.

24 ebd.

Ueli Wildberger, *1945 in Schaffhausen. Theologiestudium in Zürich, Marburg und Berlin. Von 1982 bis 1997 beim Aufbau von Peace Brigades International/PBI mitbeteiligt. Er ist in der Friedensausbildung engagiert, vor allem mit dem Forum für Friedenserziehung, wo er seit 1998 eine Teilzeitstelle für Trainings zur gewaltfreien Konfliktlösung und Kampagnenarbeit inne hat.

Ueli Wildberger

Frieden – eine Vision will gelebt sein

Meine Friedensvision: Eine Welt, in der sich Christinnen aus den USA und Muslime aus Afghanistan offen und in gegenseitiger Achtung begegnen und in ihren Häusern als Gäste willkommen heißen. Eine bunte Welt, in der Vielfalt herrscht: Wo das lange, farbenfrohe Gewand aus Afrika auf die weiße Pluderhose aus Indien trifft, wo das kosovo-albanische Käppi neben dem arabischen Turban existiert, wo Menschen Freude haben, andere Sprachen zu lernen und fremde Kulturen zu entdecken, aber auch bereit sind, ihre eigenen Traditionen zu bewahren. Eine Welt, wo Menschen wie die Kinder laut und lebendig streiten, aber auch schnell ihren Streit wieder vergessen können. Eine Welt, in der kein Kind mehr hungern muss, weil sich die Nationen eine Ehre daraus machen, mit den Milliarden an Geld, die sie früher für Rüstung ausgaben, jedem Menschen eine gute Ausbildung zu ermöglichen. Eine Welt, in der die Industrieländer dafür sorgen, dass das Geld in den ärmeren Ländern bleibt, damit dort Brunnen, Straßen, Schulen und Gesundheitszentren gebaut werden können. Eine Welt, in der nicht korrupte Regierungen gestützt, sondern Menschen ermutigt werden, ihre demokratischen Rechte wahrzunehmen und gemeinsam dörfliche Projekte aufzubauen. Eine Welt, in der die Verteidigungsministerien zu Friedensministerien umbenannt werden und Gelder für erfahrene Vermittler und Friedensstifterinnen zur Verfügung stehen, um in Konfliktgebieten die Betroffenen zu unterstützen, Hass und Vorurteile abzubauen und um Friedensprozesse in Richtung Verständigung und Versöhnung in Gang zu bringen. Eine Welt, in der die Menschen im reichen Norden in ihrer Hektik und ihrem Stress zur Ruhe kommen, sich auf das Wesentliche besinnen und ihre materiellen Ansprüche verringern. Eine Welt, in der die Freude an einem bunten Herbstblatt, am Wunder einer Eisblume im Vordergrund steht, nicht die Gier nach Besitz und Macht. Eine fröhliche Welt, in der Lachen und Ernst ihren Platz haben, auch Güte und Liebe, und darum Gott im Zentrum steht, nicht die rastlose Suche nach dem eigenen Ich.

Vielleicht gibt es so viel Krieg in unserer Welt, weil wir den Mut verloren haben, uns Friedensvisionen auszumalen und daran zu glauben, dass sie einmal Wirklichkeit werden könnten. Unser Denken ist geprägt von unserer mörderischen Geschichte. Von zwei Weltkriegen, dem Abwurf zweier Atombomben, vom Terror des 11. Septembers.

Aber versuchen wir einmal, die Geschichte des 20. Jahrhunderts nicht als Kriegsgeschichte, sondern als Friedensgeschichte zu lesen. Denn unser vergangenes Jahrhundert hat auch faszinierende Neuentdeckungen im Bereich des Friedens gebracht: In fast allen Religionen war die Ethik des Nicht-Tötens ein zentrales Gebot. Mahatma Gandhi und Martin Luther King haben aber versucht, die Gewaltfreiheit auch in größeren gesellschaftlichen Konflikten als praktikablen Weg der Veränderung und des Widerstands systematisch anzuwenden. Und sie hatten Erfolg.

Und halten wir uns auch die folgenden historischen Beispiele für gewaltfreien Widerstand vor Augen: Während der Nazizeit nimmt im besetzten Frankreich das Dorf «Le-Chambon-sur-Lignon» westlich von Lyon Tausende von jüdischen Verfolgten auf. Unter Führung des Pfarrerehepaars Magda und André Trocmé vom Internationalen Versöhnungsbund stellt sich das ganze Dorf geschlossen dem Naziterror entgegen und versteckt die jüdischen Flüchtlinge auf Estrichen und in Scheunen. In Nacht-und-Nebel-Aktionen bringt es die Verfolgten in geheimen Trecks über die sichere Grenze. Auch als die Gestapo die beiden Pfarrer Trocmé und Theiß sowie den Institutsleiter Thevenot verhaften und auf unbestimmte Zeit in ein Lager sperrt, lassen sich die Dorfbewohner nicht einschüchtern. Nach drei Monaten werden die drei Inhaftierten wieder freigelassen. Insgesamt rettet allein dieses kleine Dorf unter Lebensgefahr rund 5000 jüdischen Menschen das Leben.

Ebenfalls während der Nazibesetzung unter der Marionettenregierung Quisling weigern sich in Norwegen etwa 9000 der insgesamt 12 000 Lehrer und Lehrerinnen mit einem Protestbrief, die Nazi-Unterrichtsprogramme zu übernehmen, der Nazi-Lehrervereinigung beizutreten und die Hitlerjugend zuzulassen. Daraufhin schließt Quisling die Schulen unter dem Vorwand, es fehle im Winter das nötige Brennmaterial. Scharenweise protestieren die Eltern, bringen sackweise Holz und Kohle vor die Schulhäuser und pochen darauf, dass ihre Kinder ein Recht auf Unterricht hätten. Quisling reagiert, indem er etwa 1000 Lehrer festnehmen und 650 davon in den hohen Norden in ein KZ deportieren lässt. Im ganzen Land erhebt sich ein Proteststurm, Schulbehörden, Kirchengremien, Bischöfe u.a. treten aus Protest zurück. Trotz Quälereien, Hunger und Folter bleiben die Deportierten fest, nur 32 widerrufen ihren Protest. Nach acht Monaten muss Quisling einlenken. Die Lehrer werden freigelassen und wieder eingestellt, ohne dass sie nachgegeben hätten.

Und 1989: Während der Wende fällt im Herbst eines um das andere der hoch gerüsteten kommunistischen Regimes in Osteuropa, ohne dass in den meisten Ländern ein Schuss abgefeuert wird. Vorausgegangen sind immer wieder Befreiungsversuche wie 1968 in der CSSR und in den 80er Jahren die Aktionen von Solidarnosc in Polen, die mit Streiks und gewaltfreiem Widerstand sich für die Freiheit einsetzten, und deren Mitglieder immer wieder auch mit Gefängnis bezahlten. In der Sowjetunion unter Gorbatschov ist die Zeit dann reif: Der Freiheitswille der Bevölkerung lässt sich nicht mehr unterdrücken: Zu Tausenden gehen die Leute im ganzen ehemaligen Ostblock trotz Verbot und Androhung von Gewalt auf die Straße, bis die Lage der Kontrolle von Behörden und Stasi entgleitet und die Mauer fällt. («Ihr Verweigerer geht doch in den Osten, dort könnt ihr eure Gewaltlosigkeit ausprobieren!» Wie viele Male bekam ich früher diesen Satz zu hören....)

Und ein letztes Beispiel: Guatemala. 1981-83 setzt die Militärdiktatur unter Rios Montt massive Repressionen gegen die indianische Mehrheit durch: Etwa 400 Dörfer werden ausgelöscht, Massaker veranstaltet, die zum Tod von 100 000 Menschen führen, etwa 40 000 werden entführt und eine Million vertrieben. 1983 schickt Peace Brigades International/PBI auf Anfrage ein erstes gewaltfreies Team von drei internationalen Freiwilligen in einen Friedenseinsatz. 1984 bietet das PBI-Team einer Gruppe von Angehörigen Verschwundener (GAM) einen sichern Ort, um ihre Anklagen gegen die Menschenrechtsverletzungen öffentlich machen zu können. Als eine Leiterin und ein Leiter ermordet werden, stellt PBI gewaltfreie Begleiteskorten für Menschenrechtlerinnen, welche Todesdrohungen erhielten, zur Verfügung. Dank dieses unbewaffneten Schutzes überleben die Bedrohten und können ihre politische Arbeit weiterführen. So entwickeln sich mehr und mehr Organisationen, Gewerkschaften, indianische Vereinigungen, die für ihre Rechte kämpfen. Sie sind schließlich so stark, dass sie zehn Jahre später einen neuerlichen Putsch eines rechtsextremen Präsidenten vereiteln können. Sie missachten den Ausnahmezustand und rufen zu Demonstrationen gegen Zensur und Ausgangssperre auf, denen Tausende folgen – bis der Präsident nach drei Tagen ins Ausland flieht.

Noch andere Beispiele ließen sich anführen: der Sturz der Marcos-Diktatur auf den Philippinen 1985 oder die Überwindung des Apartheidregimes in Südafrika etwa.

Im Zeitalter der Massenvernichtung und des Terrors sind Kriege obsolet geworden. Solche eindrücklichen historischen Erfahrungen, wie die oben genannten, erschließen Neuland für die Friedensarbeit. Es ist eine Frage des Überlebens der Menschheit, ob es ihr gelingt, aus solchen Beispielen praktizierter Gewaltfreiheit zu lernen und in Konflikten und Gewaltsituationen neue Wege zu gehen.

Ansätze dazu sind sichtbar: Die UNO hat zum Auftakt des neuen Jahrtausends eine Dekade für eine Kultur des Friedens und der Gewaltfreiheit (2001-2010) ausgerufen, und der Ökumenische Weltkirchenrat hat zeitgleich eine Dekade zur Überwindung der Gewalt proklamiert. Friedensförderung und gewaltfreie Konfliktbearbeitung tauchen mehr und mehr in den Programmen größerer Hilfswerke, ja sogar der Politik des Bundesrates, auf. Dennoch: Die Ideen, die sich damit verbinden, sind oft noch vage. Und solange der Skandal andauert, dass wir in der Schweiz für militärische Rüstung jährlich Zehntausende von Jahren an Zeit und etwa sechs Milliarden an Finanzen ausgeben, während für zivile und gewaltfreie Friedensarbeit gerade mal ein paar Millionen zur Verfügung stehen, sind die Weichen noch nicht richtig gestellt.

Auch im neuen Jahrtausend sind wir mit vielen Konfliktherden und Kriegen in der Welt konfrontiert. Ausgangspunkt einer Friedenspolitik ist eine Friedensperspektive, die die Interessen aller Konfliktparteien berücksichtigt und bei der sich beide

Seiten als Gewinner fühlen können. Dies setzt im Normalfall einen langfristigen Friedensprozess (und viel Geduld!) voraus, währenddem sich die Gegner selber mit ihren Grundanliegen einbringen und an der Suche nach der besten Lösung beteiligen können. Grundlegend sind deshalb zwei Voraussetzungen: zum einen der Friedenswille, zum anderen gerechte Strukturen. Der Friede wird nur dann Bestand haben, wenn er von den Konfliktparteien selber getragen wird, und zwar von breiten Teilen der Bevölkerung an der Basis. Entscheidend ist dabei die menschlich-psychologische Dimension - speziell bei den heutigen Konflikten, die immer mehr ethnisch-kulturelle Aspekte beinhalten. Es geht darum, innere Verletzungen, Hassgefühle und Traumata kollektiv zu verarbeiten, um so ein durch Hass und Vorurteile vergiftetes Klima zu entschärfen, um die Bereitschaft zum Dialog und zu echter Verständigung sowohl an der Basis wie auf Regierungsebene zu schaffen. Ein dauerhafter Friede ist nur möglich auf der Grundlage einer unparteiischen Friedensregelung, die die Grundbedürfnisse, wie demokratische Mitsprache, wirtschaftliche Gerechtigkeit und politische Gleichberechtigung, rechtsstaatliche Sicherheit und die Achtung der eigenen kulturellen Identität (Minderheitenschutz), mit einschließt. Friede setzt deshalb die Entwicklung lokaler Organisationen und Initiativen voraus, die den Aufbau einer funktionierenden Demokratie und Zivilgesellschaft ermöglichen.

Inzwischen haben Nichtregierungsorganisationen (NGOs) sowie Regierungen eine ganze Palette interessanter Ansätze entwickelt, um solche Friedensprozesse von außen zu fördern und im Sinne von «Hebammen» zu unterstützen: z. B. durch Ermutigung und internationale Schutzpräsenz, Förderung von Dialogbereitschaft und Vermittlungstätigkeit, Trauma-Arbeit, gewaltfreie Ausbildung etc. Aber im Grunde fängt die Friedensarbeit schon in unserem Alltag an, dort, wo wir gefordert werden, mit Problemen und Konflikten in der Familie, mit Nachbarn, unter Kolleginnen und Kollegen umzugehen, wo wir alltäglichen Gewaltsituationen begegnen, wo sich uns die Frage stellt, ob wir den Mut haben, angesichts von Unrecht den Mund aufzutun. Konfliktfähigkeit setzt voraus, dass wir typische Konfliktmuster erkennen, mit unsern Gefühlen bewusst umgehen, ein gesundes Selbstvertrauen entwickeln, das Einfühlungsvermögen stärken, kurz: uns zu mündigen, selbstbewussten und offenen Menschen wandeln.

Gewaltfreie Konfliktlösung kann gelernt und eingeübt werden. Auch im Bereich der gewaltfreien Kommunikation und der Mediation gibt es immer mehr Kursangebote. Friedenserziehung als Gewaltprävention sollte in jedes Schul- und Erziehungsprogramm gehören. Denn eine Bevölkerung, die Zivilcourage besitzt, ist für Totalitarismus weniger anfällig.

Kleine Schritte sind immer möglich, und jeder Schritt in die richtige Richtung ist ein Erfolg an sich und hat seinen Wert. Diese Gewissheit schenkt Ausdauer und den nötigen langen Atem und gibt immer wieder Hoffnung.

Sebastian Hefti, *1956 in Bogotà/Kolumbien. Studium der Philosophie, Geschichte und Romanistik in Berlin und Zürich (ohne Abschluss), seit 1998 selbständige Tätigkeit in politisch-kultureller Öffentlichkeitsarbeit, seit Anfang 2000 Generalsekretär des Deutschschweizer PEN-Zentrums.

Sebastian Hefti

Krieg und Frieden: Ein Kinderspiel

Einträge von S.H.

14. Januar 2002

«Es gibt ja die Theorie, dass die Individualisierung, mit Oberflächlichkeit verbunden, einfach apolitisch ist. Die Frage ist nun, werden die ‹Kinder der Freiheit› hinnehmen, dass man ihnen sukzessive die Freiheit nimmt als Antwort auf die Terrorismusgefahr? Oder werden sie das irgendwann merken, und wird deshalb ein neuer Protest der scheinbar unpolitischen individualisierten Kultur entstehen? Zugespitzt gesagt: Ist die so genannte Spaßkultur vorbei, wenn es um die eigenen Rechte geht?» So spricht der Soziologe der Risikogesellschaft.

Ulrich Beck, «Der Terrorismus hat paradoxerweise zu einer Globalisierung von Politik geführt. Die Welt nach dem 11. September.» Im Tages-Anzeiger.

31. Dezember 2001

«Mich hat der Silvano Beltrametti viel mehr beschäftigt als Amerika», sagt eine Schülerin bestimmt. Andere pflichten ihr bei, «wir leben nicht in New York und auch nicht in Zug».
Die Jugendlichen wollen sich ihre Träume nicht nehmen lassen, gerade jetzt nicht, da sie doch

vor dem Schulabschluss stehen und in die Welt hinaus wollen. «Ich war wütend auf die Taliban», sagt Angela, «ich will noch viel erleben und hätte gerne das World Trade Center gesehen.»

Nach einer Lektüre von: Reise durch das Land, am Ende eines schwierigen Jahres. Peter Haerle im Tages-Anzeiger.

28. Dezember 2001

«Noch vor wenigen Wochen erfreuten sich in den USA Bin-Laden-‹Pinatas› großer Beliebtheit – mit Süßigkeiten gefüllte, aus Papiermaché nachgebildete Köpfe des Saudis, auf welche Kinder bei Geburtstagsfeiern mit Stöcken einzudreschen pflegten.»

Ignaz Staub, «Die Amerikaner demontieren ein Monster.» Im Tages-Anzeiger.

29. Oktober 2001

Der Dokumentarfilm «Promises» wird in Zürich der Presse vorgeführt. Der Film wirkt auf mich wie die Karikatur einer pädagogischen Doktrin, welche die Autorität von Erwachsenen abschafft und damit auch deren Verantwortlichkeit für die Welt, in welche sie ihre Kinder hineingeboren haben, leugnet und die Verpflichtung ablehnt, sie in eine Welt hineinzugeleiten. Sind wir heute an einem Punkt angelangt, wo man Kindern die Last aufbürdet, dass sie die Welt erhalten und verbessern sollen? Haben wir die Absicht, künftig unsere Gefechte als Kinderspiele austragen zu lassen? Hat diese Travestie nicht den Sinn, dem wirklichen Konflikt auszuweichen? Erwachsene verstecken sich und verdecken ihre Gegenwart hinter Kindern. Kinder sind herzallerliebste Schauspieler, die kleine Erwachsene spielen. Sie bilden eine Frontorganisation, die auch mal an die Front imaginierter Friedensverhandlungen kommandiert wird. Es wirkt wie im tragikomischen Comicsfilm, in dem Tiere perfekte Menschenposen mimen. Die Wirkung verdankt sich der verdeckten Animationstechnik. Projektionen machen die Wirklichkeit platt. Sie ist dann so flach, dass sie in den Hintergrund großer Empfindungen passt.

Nach einer Lektüre von: Hannah Arendt, Little Rock (1959), in: In der Gegenwart. München 2000.

12. August 2001

Die ökumenische Jury des 54. Internationalen Filmfestivals Locarno verleiht den Spezialpreis an «Promises». «Er zeigt israelische und palästinensische Kinder aus verschiedenen Orten, die ihre Ängste und Vorurteile erzählen. ‹Promises› ist ein Hoffnungsschimmer, dass Begegnungen zwischen Kindern ein möglicher Weg zum Frieden sind.» Der Regisseur B.Z. Goldberg sagt über seinen «filmischen Vermittlungsversuch zwischen Palästina und Israel»: «Wenn man mit den Kindern wirklich ernsthaft redet und man sich all ihre Meinungen genau anhört, dann wird man merken, dass ein Krieg unvermeidbar war, dass Frieden eigentlich nicht möglich ist! (...) Als die neue Intifada ausbrach, arbeiteten wir noch an dem Film. Und ich sah den Film, und ich wusste: Die sprechen alles aus. Wenn du den Kindern richtig zuhörst, dann weißt du: Es musste eine neue Intifada kommen.» Der Vorspann des Films datiert das Geschehen zwischen der «ersten» und der «neuen Intifada». «Dieser Film wurde zwischen 1997 und dem Sommer 2000 gedreht – in einer Zeit relativer Ruhe zwischen Palästina und Israel.»

Promises, Dokumentarfilm, Justine Shapiro / B.Z. Goldberg, USA 2001 (www.promisesproject. org).

In Wirklichkeit gewann Ende Mai 1996 der Likud eine Mehrheit von 62% der israelischen Knesset. Ende September kam es zur ersten großen Konfrontation zwischen Palästinensern und der israelischen Regierung nach «Oslo». Auf Netanyahus Anordnung, den Jerusalemer Tunnel, der an Omar-

Moschee und Felsendom grenzt, zu öffnen, folgte ein Aufstand im Maßstab der Intifada und griff sofort auf Gaza und die West Bank über. Eine «Zeit relativer Ruhe»? Mit dem Hebron-Abkommen vom 15. Januar 1997 verschärfen sich die Zerwürfnisse zwischen Arafats Autonomiebehörde und dem palästinensischen Volk. In Ben Zion Goldbergs relativ ruhiger Drehzeit wird wohl auch in der Nähe Jerusalems die große jüdische Siedlung Har Howa gebaut. Im August des Jahres 1997 ereignen sich massive Selbstmordattentate, die zwölf Tote und 157 Verletzte fordern. In dieser Zeit werden die Sprengschnüre gezogen, die im Herbst 2000 explodieren. Die Weigerung Israels, eine politische Problematisierung der Palästina-Frage in Gang zu bringen; die Weigerung der Weltmacht, unter Führung von UNO und USA ins Geschehen einzugreifen; die aus den Fugen geratene Diktatur der korrupten Arafat-Clique in den autonomen Gebieten; die Radikalisierung der Bevölkerung, welcher «Versprechen» gegeben wurden, die nicht zur Erfüllung gedacht sind.

28. September 2000
Das definitive Ende des bigotten «Friedensprozesses» – die so genannte Al-Aqsa-Intifada. Zwei Tage später erschießen israelische Soldaten vor der Kamera von France 2 den zwölfjährigen Mohammed al-Dura. Der im Arm seines Vaters getroffene Knabe wird sofort zum Symbol des Aufstandes. Israels Image kippt in das Horrorbild des systematischen Kindermords. Das Image der Palästinenser gerät ins Zwielicht, ihre überzähligen Kinder für den weltweiten Bilderkrieg abzurichten. Die Israelis zeigen im Fernsehen auch Bilder von ermordeten Siedlerkindern, zum Beispiel das zehn Monate alte Baby Shalhevet Pass. Es ist am 9. Mai in Hebron von einem palästinensischen Heckenschützen gezielt erschossen worden. Es könne kein Zufall sein, dass Selbst-

mordattentate in der Nähe von Bars und Diskotheken verübt würden. Der Terror gegen Israel bezwecke eigentlich Kindermord.

Hochrechnungen ergeben, dass die Araber in den besetzten Gebieten bereits 2010 den Juden in Israel zahlenmäßig überlegen sein werden. Geburten und deren Vernichtung zählen im Populationskampf. Dem jüdischen Staat droht eine demografische Niederlage. Er versucht sie auch durch forcierte Einwanderungspropaganda wettzumachen. In Sieg oder Niederlage investierte Kinder werden real und propagandistisch zu B-Waffen und gleichzeitig auch zu Bio-Zielen. Der Stammeskampf sprengt nicht nur den Raum der Politik, sondern auch die Grenzen jeder Kriegsführung. Als «prima ratio» aller Gewalt muss das Naturgesetz kriegsmäßig und friedensförmlich gedeckt werden, auf-Teufel-komm-raus. Nicht nur die Zurichtung von Kindern zu nichtkonventionellen Waffen und Trefferzielen, sondern auch der Zweck, dem die völkische Raserei dient, sind mit konventionellem Krieg nicht realisierbar. Der Terror an Kindern bildet somit die freie Wildbahn einer Bevölkerungspolitik, für die ein konventioneller Krieg nicht mehr möglich, längst verloren oder gewonnen, jedenfalls aber zu begrenzt ist.

Bettina Spoerri «Nach einer Lektüre von: Tote Kinder werden zu Helden der Intifada.» Im Tages-Anzeiger vom 15. August 2001.

13. September 1993

Das Fernsehen zeigt aller Welt die atemberaubende Show. Inmitten von Scharen palästinensischer und israelischer Kinder – sie tragen T-Shirts, auf denen in allen Sprachen und Zeichen der Friede gepriesen wird – strahlt Präsident Clinton, flankiert von Rabin und Arafat. Clintons ausgebreiteten Armen gelingt es, die beiden zum historischen Handschlag zu gängeln. Was im Namen der vielen Kinder gefeiert wird, und was wohl deshalb so genau niemand wissen will, steht in einem Dokument von neun Seiten und siebzehn Artikeln. Das so genannte «Oslo Abkommen» regelt die gegenseitige Anerkennung von Israel und PLO. Außerdem erklärt es das gemeinsame Ziel eines «Friedensprozesses». Damit ist die Intifada erledigt. Alles Übrige soll später verhandelt werden.

9. Dezember 1987

Es beginnt der Aufstand, der unter dem Namen «Intifada» – das «Beben» – weltweit Aufsehen erregt. Die Palästinafrage war wegen der endlosen Schlachterei zwischen Saddam und Khomeini sogar ins Abseits arabischer Aufmerksamkeit geraten. Die PLO-Führung fristete in Tunesien ein trübes Dasein. Seit 1982 lief diplomatisch gar nichts mehr. Die eiserne Faust des israelischen Verteidigungsministers Itzhak Rabin zerschlug jeden Widerstand in den besetzten Gebieten. Nach der Erschießung eines Palästinensers im Flüchtlingslager Jabaliya bricht die Revolte aus: die Kinder der Flüchtlingslager! Innerhalb einer Woche breiten sich die Kämpfe von Gaza auch auf die West Bank aus. Eine große Kinderarmee potenziert sich in Tausenden beweglicher Kleingruppen, die die israelischen Patrouillen ständig mit bloßen Steinen attackiert.

Der ungleiche Kampf der Steinkinder-Guerilla liefert nie gesehene Jahrhundertbilder. «Shahab» – die jungen Menschen tragen das berühmte Palästinensertuch als Maske. Unter dem Druck des öffentlichen Welturteils will die US-Regierung in diesen Kindern keine Terroristen mehr verdammen. Die Unschuldigen rufen: «Wir wollen ein Land, das uns gehört.» Die Bewegung explodiert. Selbst fünfjährige Kinder, Mütter und Großmütter beteiligen sich an der Steinigung israelischer Soldaten. Das berühmte «V» ihrer Siegesfinger geht um die Welt.

Das sind die «Kinder der Katastrophe», das *eine* Volk, auf das Arafat seine Fatah von Anfang an eingeschworen hat. Die PLO beginnt, die Kinderrevolte zu adoptieren, zu finanzieren und logistisch zu unterstützen. Jahrzehntelanges Werben um Anerkennung der inmitten arabischer Nachbarn unabhängigen nationalen Volksidentität Palästinas entsprang einer politischen Idee. Politiker aller Welt konnten diese «Volksidee» bejahen oder ablehnen. Erst mit den revoltierenden Kindern erscheint das Projekt Arafats der Welt faktisch. Der transpolitischen Geburt Palästinas verweigert sich die Weltmacht nicht länger. Das Bild vom weinenden Kind, das von israelischen Soldaten geprügelt wird, weil es eine palästinensische Fahne gehisst hat, erzählt eine andere Geschichte als das Bild des Flugzeugentführers. Diesseits der panarabischen Doktrin bewirken die kämpfenden Kinder ein lebendiges Gefühl für die arabische Einheit auch in den arabischen Ländern. Islamische Symbolkraft kommt dazu. Für die frommen Mekkapilger ist «rajm», der Steinwurf, die Waffe gegen die bösen Geister.

Arafat verkündet die UNL, die United National Leadership. Ihr 14-Punkte-Programm anerkennt die allgemeine Führung der PLO. Unter anderem programmiert sie, wie die Kinder ihre Steine werfen – und wie sie sich bei Verhören verhalten sollen. Zwei andere Gruppierungen betätigen sich jetzt offen wie die UNL: Mit dem Islamischen Jihad und Hamas werden die Moscheen zu Zentren der Revolte. Jihad und Hamas verfügen über besondere Gebiete, Nachbarschaften und Flüchtlingslager. Auch sie trainieren die Kinder in Widerstandstechniken und unterstützen notleidende Familien.

Nach einer Lektüre von: Saïd K. Aburish, Arafat. From Defender to Dictator. New York 1998.

15. Januar 2002

Wer sich erhabene Gefühle verschaffen will und sich ein mitleidvolles Schluchzen gönnt, erklärt Politik zur Kindersache. Müssen wir in den politischen Fragen von Krieg und Friede ernsthaft auf Kinder hören? Mit ihnen kommt das Versprechen des Neuen zur Welt. Kinder bergen das menschliche Vermögen, mit dem Erbe der Vergangenheit zu brechen, um etwas Neues anfangen zu können. Wenn dagegen zur Kinderpflicht wird, was Erwachsene tun und lassen, dann äffen Kinder die Großen nach. Jede Hoffnung fährt dahin, der gemeinsames Handeln und Urteilen entsprechen könnten. Erwachsensein heißt, für eine Welt, in der Kinder noch Kinder sind, Verantwortung zu übernehmen, dass sie eine Welt bleibe und eine bessere werde.

Matthias Fischer, *1960 in München; dipl. sc. pol. Univ., lic. phil. hist.
Studium der Politischen Wissenschaften, Kunstgeschichte und Archäologie.
Lebt in Boll-Sinneringen.

Matthias Fischer

Ferdinand Hodler: Krieger, Tod und Propaganda

Kriege werden nicht nur mit brachialer Gewalt, sondern auch mit propagandistischen Mitteln geführt. Das Ziel der Propaganda liegt im Einschwören einer Gemeinschaft, in der Gleichrichtung der Gedanken und Gefühle gegen einen gemeinsamen äußeren oder inneren Feind. Worte und auch Bilder werden dabei eingesetzt. Zwischentöne sind in der Regel verpönt, eigene Opfer werden meist verschwiegen.

Für die Kunst findet sich in der Form des Historienbildes ein Betätigungsfeld für bildmächtige Propaganda. So ergibt sich eine durch die Jahrhunderte gleich bleibende Funktion: Der Herrscher beauftragt den Künstler, eine historische oder aktuelle Begebenheit im Bild festzuhalten, um die Zeitgenossen und folgende Generationen an einen für die Gemeinschaft bedeutenden Moment zu erinnern. Werte und ideale Verhaltensweisen werden in die Tradition eines Staates eingewoben und als unverbrüchliche Forderungen an zukünftige Geschlechter weitergegeben.

Ist noch im 17. Jahrhundert das absolutistische Selbstverständnis imperialer Herrscher geprägt vom fast ausschließlichen Recht, Kriege zu führen und diese von einem Hofkünstler ins Licht siegreichen Handelns zu rücken, so ändert sich mit dem Erstarken des Bürgertums und dem Übergang vom Absolutismus zum Parlamentarismus die Rolle des

Historienbildes. Die zunehmende Bedeutung des Individuums und die Demokratisierung der Gesellschaft geht mit besserer Information einher. Die Durchwirkung von Bildern mit politischem Inhalt hat einem immer schwieriger durchzusetzenden Konsens zu folgen. Der Hofkünstler, nur dem Herrscher verpflichtet, wird zum Ausstellungskünstler, der den Geschmack eines breiten Publikums treffen muss.

Ferdinand Hodler gilt seinen progressiven Zeitgenossen in der Schweiz und in Deutschland als ein Erneuerer der monumentalen Historiendarstellungen. Insbesondere die Aufträge im Schweizerischen Landesmuseum und für die Universität in Jena bewegen die Öffentlichkeit um die Wende vom 19. zum 20. Jahrhundert. Bislang weitgehend unbeachtet geblieben ist dessen neuartige Auffassung von der Gestaltung eines Historienbildes. Hodler setzt mit seiner Kunst auf großformatige und zugleich subtile Weise Gewalt und Krieg aus der Perspektive der Opfer ins Bild.

Er hatte das Glück, sein Leben ohne direkte physische Verwicklung in eine kriegerische Auseinandersetzung verbringen zu können. Dennoch ist das Thema Krieg und Tod ständiger Begleiter des Künstlers. Das Oeuvre dokumentiert eine bis ans Lebensende nicht abreißende Beschäftigung mit dem Krieg, sei es in Form von Historiengemälden, Ausstattungsstücken oder in der Auseinandersetzung mit aktuellen weltpolitischen Ereignissen.

Hodler ist ein Kind seiner Zeit und als patriotisch eingestellter Künstler stolz auf die Wehrhaftigkeit seiner Heimat. Die Verteidigungsbereitschaft kommt in den Eidgenössischen Schützenfesten ebenso zum Ausdruck wie in den regelmäßig abzuleistenden Wehrübungen der Miliz. Kein Wunder, findet sie als Themenstellung Eingang in künstlerische Wettbewerbe. Davon zeugt unter anderem ein von Hodler 1877/78 geschaffenes Turnerbankett mit uniform gekleideten Jünglingen, die diszipliniert und aufmerksam einem Redner zuhören. Ein ebenfalls unterschwellig die Wehrfähigkeit aufnehmendes Motiv malt er 1882 mit einem festlichen Umzug von Schwingern. Die Teilnehmer sind mit historisierender Reisläufer-Kleidung angetan. Für die Genfer Exposition Nationale 1896 führt Hodler mit seinem Kollegen Daniel Ihly eine Vielzahl von Kriegern als Säulenschmuck aus. Die geschlitzten Kleider dieser Renaissance-Krieger verweisen in der politischen Ikonografie auf die lange als unbezwingbar geltenden helvetischen Söldnerheere des 15. und 16. Jahrhunderts. Den überlebensgroßen Wilhelm Tell malt Hodler 1897. Mit der Armbrust in der Linken, die Rechte beschwörend erhoben, soll der mythische Held zu einer Ikone des sich und die Seinen gegen fremde Mächte verteidigenden Eidgenossen werden.

Der Krieg manifestiert sich bei Hodler also in Bildideen, die aus eigenem Antrieb entstehen, sowie in einer Reihe von Auftragsarbeiten. Der Krieg lässt sich somit als ein Generalthema seiner Kunst festmachen. Zugleich scheinen die damals aktuellen Determinanten des von sozialen, ideologischen und wirtschaftlichen Brüchen gekennzeichneten «entzweiten Jahrhunderts» (Werner Hofmann) auf.

Ferdinand Hodlers erste Arbeit mit einem konkreten militärischen Sujet ist seine Beteiligung an der Ausführung des Bourbaki-Panoramas in Luzern, 1881, unter der Leitung von Edouard Castres. Gezeigt wird auf dem Rundbild die spektakuläre Flucht eines Teils der französischen Armee unter der Führung des Generals Bourbaki in die Schweiz. Im deutsch-französischen Krieg überschreitet dieser im Januar 1871 bei beißender Kälte, ohne ausreichende Ausrüstung und Verpflegung, die Schweizer Grenze im Jura bei Les Verrières, um sich vor den anrückenden deutschen Truppen zu retten. Das Ereignis erregt europaweit Aufsehen. In der Schweiz verursacht die Verletzung der Neutralität ein politisches Erdbeben, werden doch den offiziellen Stellen mit diesem Vorfall militärisch-organisatorische Missstände sowie Defizite bei der Bewältigung von humanitären Notlagen vor Augen geführt. Hodlers Anteil am Riesengemälde ist eine Marschkolonne ankommender Soldaten.

Im gleichen Jahr, 1881, führt er die Szene eines «Zimmerappells» in der Kaserne von Bière VD aus, wo er seinen Wehrdienst ableistet. Es folgt 1883 das monumentale Gemälde eines «Zornigen Kriegers», das einen Hellebardier in mittelalterlicher Kleidung martialisch-monumental ins Bild rückt. Im Hintergrund mit Kampfhandlungen sind auch Leichen zu sehen.

Ein weiterer öffentlicher Auftrag erwächst für Ferdinand

Hodler aus dem Gewinn des Wettbewerbs für die Ausschmückung des neu erbauten Schweizerischen Landesmuseums in Zürich. 1896 ausgeschrieben, dauert es bis 1900, bis das Werk unter heftigen öffentlichen Diskussionen fertig gestellt ist. Die Entwicklungsstadien der drei Fresken für die westliche Wand des Waffensaales – von einer kritischen Jury bis zum Eingreifen des Bundesrates wiederholt verworfen – zeugen von einem Geschichts- und Kunstverständnis, das sich von dem der eidgenössischen Kunstoffiziellen deutlich unterscheidet. Hodler vermeidet direkte Kampfszenen von Anfang an. Stattdessen räumt er den Besiegten der Schlacht von Marignano bildfüllenden Raum ein. Der den Rückzug deckende Krieger der Mittelpartie ist in Entwürfen als am Kopf schwer blutender Verwundeter gedacht. Ein gewisser Hans Bär erscheint auf der linken Seitenwand mit abgetrennten Beinen.

Wohl vor allem die Auffassung, die hässliche Seite des Krieges mit individuellen Opfern als close-up zu präsentieren und damit wie eine Mahnung in den Vordergrund zu rücken, bringt seine Gegner in Rage. Zwar lässt Hodler diesen geschlagenen Schweizer Söldnern ihren Stolz, ihre historisch verbürgte hoffnungslose Lage jedoch bringt er ungeschminkt und ohne falsches Pathos zum Ausdruck. «Sie vergegenwärtigen und charakterisieren die Schweizer Rasse, ihren Heldenmut, ihre Kraft und Ausdauer zeigend. Im Mittelfeld zeigen die Krieger auch noch ihre Brüderlichkeit im Unglück», überliefert Carl Albert Loosli, Hodlers erster Biograph, dessen Gedanken. Der Schöpfer solch abstoßend wirkender Werke freilich wird von seinen Gegnern mit dem angriffigen Titel «Blut-Hodler» bedacht.

1896 sollen für den Großrat-Saal des Kantons Bern im ehemaligen Rathaus der Zähringerstadt ebenfalls Wandgemälde als Zier und zur Erbauung der Räte geschaffen werden. Wieder nimmt Hodler an dem Wettbewerb teil, wieder sollen einzig und in Großaufnahme die Opfer, die zugleich Täter sind, im Zentrum stehen. Ein erster Gemäldeentwurf zur Schlacht von Fraubrunnen zeigt Frauen, Furien gleich, mit Sensen, Mistgabeln und Hacken. Ihr vergeblicher Kampf gegen die französischen Truppen ist legendär. Eine weitere Entwurfszeichnung zeigt bäuerliche Kämpfer der in der

Schlacht bei Neuenegg siegreichen Berner Truppen, weinend und verzweifelt. Trotz des militärischen Erfolges können sie den Untergang des alten Bern nicht verhindern.

Beide Bildnisse weisen Figuren auf, die man in dieser Ausschließlichkeit wohl selten auf Historienbildnissen des 19. Jahrhunderts sieht: zum Äußersten entschlossen kämpfende Frauen und ob ihrer Niederlage weinende Männer. Die Jury weist die der üblichen Ikonografie zuwiderlaufenden Schöpfungen folgerichtig wegen ihrer «mangelhaften, karikaturartigen Darstellung» zurück, der Kampf der Frauen sei zudem nur ein Nebenaspekt gewesen. Die Gemälde kommen schließlich nicht zur Ausführung, das Projekt wird aus finanziellen Erwägungen fallen gelassen.

Mit dem Auftrag einiger Privatleute, die den Kunstverein im thüringischen Jena maßgeblich fördern und zur Ausschmückung des dortigen neuen Universitätsgebäudes beitragen wollen, betritt Hodler im Jahr 1907 in den Augen vieler Zeitgenossen künstlerisches Neuland. In Deutschland wird er endgültig als Vorreiter einer zeitgemäßen Erneuerung des monumentalen Historienbildes wahrgenommen. Es kommen keine unmittelbaren Kriegshandlungen zur Darstellung. Hodler visualisiert vielmehr den «Aufbruch der Jenenser Studenten im Befreiungskrieg von 1813». Der Aufbau in zwei Registern – oben im Gleichschritt nach links marschierende Kolonnen, unten sich rüstende junge Männer – impliziert die doppelte Natur des Menschen: Dieser ist zum einen als Individuum erkennbar, mit Verrichtungen, die man aus dem täglichen Leben kennt. Zum anderen erscheint er als gleich gerichteter Teil einer anonymen Kriegsmaschinerie. Der zentral platzierte Jüngling wirkt zerbrechlich und dennoch entschlossen. Die bereits Marschierenden sind als Block angeordnet und nicht mehr als Einzelne erkennbar. Augenfällig wird der Mensch als Täter und Opfer. Ein kunstgeschichtlicher Vergleich drängt sich auf:
Die Anordnung in Registern findet sich auch in Reliefs der mesopotamischen und der mittelamerikanischen Hochkulturen, allerdings mit einem entscheidenden Unterschied: Hodler ordnet seine «Studenten» nicht einem Herrscher unter, sei dieser ein König oder ein Sonnengott. Diese sind nur der Freiheit verpflichtet.

Der sichtbare Tod spielt bei der Kriegsthematik im Oeuvre Hodlers eine eher untergeordnete Rolle. Hingegen erhält er in Hodlers Gesamtwerk einen besonderen Stellenwert, bedingt durch sein persönliches Schicksal: Sein Vater stirbt an der Schwindsucht, an der schließlich auch seine Mutter und alle seine Geschwister schon in jungen Jahren zugrunde gehen.

Fehlen von diesen Ereignissen künstlerische Zeugen, so sind Gemälde des 23-Jährigen von einem toten Knecht und von einer Bäuerin (1876) erhalten. Als Augenzeuge hält der junge Hodler eine Hinrichtungsszene in Madrid in seinem Spanischen Skizzenbuch (1878-1879) fest. Chronologisch folgen 1901 ein Bild seines Genfer Dichterfreundes Louis Duchosal auf dem Totenbett und 1908/09 eine kleine Gruppe von Gemälden des Sterbens seiner Geliebten und Mutter seines Sohnes Hector, Augustine Dupin. Schließlich muss Hodler in den Jahren 1914 und 1915 der fortschreitenden Krankheit und dem Ableben von Valentine Darel, Mutter der Tochter Paulette, schicksalsergeben zusehen. Einziges Mittel zur Bewältigung des Ereignisses scheint für den Künstler die schonungslose tagebuchartige Dokumentation dieses Leidens und der endlichen Erlösung zu sein. So hat sich ein in der Kunstgeschichte einzigartig dastehender Zyklus von Zeichnungen und Ölbildern erhalten.

Als im Spätsommer 1914 der Erste Weltkrieg ausbricht, befindet sich Hodler in Genf. Er wird in das politische Tagesgeschehen dieses Krieges verwickelt, als er mit etlichen anderen Westschweizer Künstlern und Intellektuellen einen Protest gegen die Beschießung der Kathedrale von Reims durch deutsche Artillerie unterzeichnet. Er kann seine eigene Position von sicherem neutralem Terrain aus vertreten. Er verteidigt - ohne unmittelbare eigene Not, aber mit Engagement - die Sache der Kunst. Insbesondere in Deutschland wird Hodler darauf von weiten Kreisen geächtet. Die Reaktionen reichen von leisem Verständnis für sein Eintreten für kulturelle Güter über die Hervorstreichung seiner politischen Unerfahrenheit bis zu Forderungen, Hodlers Namen aus dem deutschen Geistesleben zu tilgen. Nur wenige im Deutschen Reich sind noch bereit, ihm und damit der Sache der Kunst und der Kultur ohne

Ansehen der kriegerischen und propagandistischen Hintergründe zur Seite zu stehen. Zwar lösen sich Hodlers bislang engen und lukrativen Beziehungen zu Galerien und Kunstvereinen auf, ab 1916 jedoch werden seine Werke zu Spekulationsobjekten, die höchste Preise auf dem Auktionsmarkt erzielen.

Neben der Darstellung von Opfern und einer scheinbar unerschütterlichen Haltung gegenüber dem Tod kommt in Hodlers Bilderfindungen zum Thema Krieg unbedingter Widerstands- und Verteidigungswille zum Ausdruck. Krieg ist jedoch nie ohne Opfer zu haben. Diese nur zu gerne unterschlagene Konstante des Krieges wird bei genauem Hinsehen zur eigentlichen Botschaft der Kunst Hodlers. Für platte Kriegspropaganda eignen sich seine Bilder nicht.

Standhaftigkeit und Durchhaltewillen kennzeichnen Hodlers eigenen Lebensweg; er erlebt erst mit fünfzig Jahren den Durchbruch. Die persönlichen leidvollen Erfahrungen mit dem Sterben erklären vielleicht die Genese dieser so neuartigen Lösungen bei der Bearbeitung von geschichtlichen Stoffen. Vergleicht man die Entwürfe anderer Künstler zum Wettbewerb im Landesmuseum Zürich mit der Hodlerschen Lösung, wird man gewahr, wie sehr diese einem schwülstig-plakativen Historismus verpflichtet sind. Man kommt zum Schluss, dass Hodler als Einziger fähig ist, über seine Zeit hinaus zu denken und zu gestalten. Dies bleibt den zeitgenössischen Künstlern der internationalen Avantgarde nicht verborgen. Hingegen machen nicht nur in der Schweiz die konservativ eingestellten Kulturfunktionäre und Künstler massiv Front. Vordergründig erscheint Hodler als grober Schlachtenmaler und egomanischer Monumentalkünstler, bei genauer Analyse wird ein Autor mit großer Empathie sichtbar, der bei allem Patriotismus die primitive Geste eines banalen nationalistischen Ausstattungsstücks scheut. Kaum ein Künstler des 19. Jahrhunderts gibt den anonymen Opfern auf solche Weise ein Gesicht in Großformat und räumt ihnen damit als Individuen so breiten Raum an öffentlichen Orten ein.

Vielleicht ist deshalb auch die unnachgiebige Gegnerschaft der konservativen Kräfte so stark. Instinktiv erfassen sie, dass hier Gemälde entstanden sind, die unterschwellig eine Botschaft gegen jegliche nationalistische Gewalt sind und Partei für die unglücklichen Opfer von Kriegen ergreifen. Die ansonsten den Krieg antreibenden Propagandabilder wandelt Hodler in Werke mit Symbolkraft um, die zu Frieden und Humanität auffordern.

Mathias Heybrock, *1967 in Bielefeld; lebt in Freiburg/Breisgau. Studium der Germanistik, Geschichte und Philosophie. Arbeitet als Journalist im Bereich Film und Medien in Zeitungen und Zeitschriften.

Mathias Heybrock

Das synthetische Lichtspieltheater des Krieges

«Wer ist Ingrid?», fragte Tolkunow.

«Ingrid Bergman», erwiderte Major Tucker. «Schauspielerin, zu ihrer Zeit eine hübsche Puppe. Alle Dark-Star-Drohnen sind nach Filmstars benannt, Oberst. Die Männer haben sie getauft.» Oberhalb des Bildschirms befand sich eine Vorrichtung, die anzeigte, welche Drohne im Einsatz war, und ihre Bilder sendete. Marilyn Monroe befand sich gerade zur Wartung in Shigansk. Es war geplant, Grace Kelly in 15 Stunden hochzuschicken. «Wie dem auch sei» – Tucker drückte auf eine Taste und bewegte die Maus – «darf ich Ihnen vorstellen: die chinesische Vorhut.»

«Das darf nicht wahr sein!», versetzte Tolkunow.

Was in dieser Textpassage einem russischen Oberst seine ungeheure Sensation verschafft, ist der Stand der Dinge in Sachen Kriegstechnologie. Bei den erwähnten Drohnen handelt es sich um unbemannte Aufklärungsflugzeuge, die 18 Kilometer über dem Boden fliegen können; in einer Höhe also, in der sie keine Kondensstreifen mehr hinterlassen, die einem Feind ihr Vorhandensein verraten könnten. Auch durch Infrarot sind sie nicht zu orten. So gut wie unsichtbar, ermitteln sie selbst freilich jedes Detail der Landstriche, die sie überqueren – weshalb Soldaten die

Drohnen in «Friedenszeiten» schon mal über ein Nudistencamp steuern, um sich ein kleines Glück zu gönnen. In Kriegszeiten allerdings offenbaren die aus höchster Höhe übermittelten Bilder jede noch so geheime Aktivität des Feindes, und zwar in einer so brillanten Qualität, dass sich die Betrachter an Hollywood erinnert fühlen. Kein Wunder, dass die Maschinen nach weiblichen Filmstars benannt sind.

«Der Film», den diese Drohnen in dem oben beschriebenen Szenario zeigen und der den Oberst so heftig erregt, zeigt chinesisches Militär, das sich die in Sibirien lagernden Öl- und Goldvorräte aneignen will – und von einer russisch-amerikanischen Allianz daran gehindert wird. Auf die Botschaft der Bilder hin können US-Bodentruppen blitzschnell ihre tödliche Antwort formulieren. «Innerhalb der nächsten fünf Sekunden füllten zwei namenlose chinesische Infanteristen in ihrem von eigener Hand ausgehobenen Schützenloch den halben Bildschirm. Dann teilte sich der Bildschirm, ähnlich wie bei einem Bild-in-Bild-fähigen Fernsehgerät. Das größere Fenster zeigte die beiden dem Tode geweihten Soldaten, während das kleine Bild auf den führenden Bradley (ein amerikanischer Panzertyp, M. H.) aufgeschaltet war, dessen Geschützturm ein wenig nach links schwenkte ... ‹Da!› Die Mündung der 25-mm-Maschinenkanone blitzte dreimal auf und rief auf dem Bildschirm ein Flackern hervor, während sich die Leuchtspurgeschosse auf das Schützenloch zutasteten ... und schon gab es die beiden Infanteristen nicht mehr.»

Die zitierten Passagen entstammen dem neusten Roman des Bestsellerautors Tom Clancy «Im Zeichen des Drachen». Der ehemalige Versicherungsmakler ist deshalb ein guter Gewährsmann für den Zusammenhang von Krieg und Kino, um den es hier im Folgenden gehen soll, weil er über beste Kontakte zu Militärs und Geheimdiensten verfügt. Die präzisen Szenarien seiner Bücher, Fiktionen, die sich freilich sehr genau am weltpolitisch Möglichen orientieren, sind gut darüber informiert, was einschlägige Stellen der USA zum

Thema Krisen- und Kriegsmanagement denken und welche neusten technologischen Errungenschaften ihnen dabei zur Verfügung stehen. Selbstverständlich ist an diesen Büchern mit ihren actiongeladenen Plots und ihrem Sinn für die Special Effects der Kriegstechnologie auch Hollywood interessiert. Clancys Debüt «The Hunt for Red October» (Regie: John McTiernam) sowie die Bände «Patriot Games» und «Clear and Present Danger» (Regie in beiden Fällen Phillip Noyce) wurden bereits verfilmt. «The Sum of All Fears» (Regie: Phil Alden Robinson) soll diesen Herbst in den amerikanischen Kinos starten.

Für die historische Dimension der Beziehung von Krieg und Kino ist es freilich Paul Virilios gleichnamiges Buch, das den Untertitel «Logistik der Wahrnehmung» trägt. Damit ist die Vielzahl der visuellen Strategien bezeichnet, mit denen der Krieg um Bilder und mit Bildern geführt wird. Das kann zum Beispiel bedeuten, den Gegner über das zu täuschen, was er zu sehen glaubt, ihm also etwa nach der Art von Hollywoods Kulissenbauern die Existenz von militärischen Stellungen und Truppenbewegungen vorzutäuschen, die gar nicht existieren. Mit Hilfe solcher potemkinschen Bauten lenkten die Briten im 2. Weltkrieg deutsche Bomben von den eigentlich kriegswichtigen Zielen ab; eine Taktik, die Saddam Hussein im Golfkrieg nachahmte. Des Weiteren lässt sich die Wahrnehmung des Gegners irritieren, wenn man mit Scheinwerfern am Himmel ein riesiges Lichtspiel veranstaltet. Feindliche Bomber verlieren so die Orientierung und können außerdem von der eigenen Flak fixiert werden. Man sieht, dass der mediatisierte Krieg zunächst eng an die Luftaufklärung gebunden ist; eine Entwicklung, die im Ersten Weltkrieg begann, wie Virilio schreibt: Damals verlor «das Mann gegen Mann, der physische Zusammenprall, seine grundsätzliche Bedeutung; an seine Stelle trat das Abschlachten auf Distanz, bei dem der Gegner unsichtbar blieb. Damit wurde die optische Sicht unabdingbar, die teleskopische Vergrößerung, der Kriegsfilm, die photographische

Erfassung des Schlachtfeldes. Vor allem gewann die Aufklärungsfliegerei eine beherrschende Rolle bei der Durchführung der Operationen.»

Die militärische Logistik der Wahrnehmung ist seit 1984, dem Erscheinungsdatum von «Krieg und Kino», stark vorangeschritten und hat sich neue Gebiete erobert, die Virilio im letzten Kapitel seines Buches nur andeuten konnte. Sie erstreckt sich längst auch auf das Manöver und die Ausbildung der Soldaten, die längst zu großen Teilen an Simulatoren, also in virtuellen Realitäten stattfindet, gleichsam in einem synthetischen Lichtspieltheater des Krieges. Dabei macht man sich die Erfahrung zu Nutze, dass das menschliche Zentralnervensystem keinen großen Unterschied zwischen einem realen Erlebnis und seiner Visualisierung macht.

Die Grundlagen der militärischen Simulatoren liefert hierfür die kommerzielle Unterhaltungsindustrie. Das Marine Corps Modelling Simulation Management in Quantico/Virginia – am selben Ort befindet sich auch das Haupttrainingslager für FBI-Agenten – führt aus diesem Grund eine systematische Evaluation handelsüblicher Computerspiele durch. Geeignet ist etwa «Doom», ein so genannter Ego Shooter, der auf Grund seiner extremen Gewalttätigkeit in Deutschland und der Schweiz indiziert ist, also an Personen unter 18 Jahren nicht verkauft werden darf. Das Spiel wird aus der subjektiven (Point-of-View) Perspektive eines Kämpfers gespielt, dessen eine Waffe umfassende Hand immer im Bild zu sehen ist (daher Ego Shooter). Ihm stellen sich auf einem unübersichtlichen Parcours Gegner in den Weg, die es zu töten gilt. Die militärische Version «Military Doom» wurde leicht abgewandelt. Wie in einer echten Gefechtssituation sind hier die für «Doom» typischen Allmachtsfantasien des Spielenden fehl am Platz. Ein User kann also nicht mehr einfach auf Tastendruck seine Waffe wechseln und findet auf seinem Weg durch den Parcours weder neue Munition noch so genannte «Medipacks», mit denen man seine Gesundheit wiederherstellen kann, wenn man von einem Gegner getroffen wurde. Er muss im Gegenteil mit seiner Feuerkraft haushalten und Vorsicht walten lassen, wenn er nicht ziemlich schnell sterben will.

Als Training der Schussschnelligkeit und des Reaktionsvermögens ist «Marine Doom» auf eine ähnliche Weise zur Ausbildung geeignet wie Flug- oder Panzersimulatoren, in denen die Beherrschung von militärischen Fahrzeugen eingeübt wird. Um die Soldaten jedoch auf eine komplexe Operation vorzubereiten, bedarf es etwas aufwändigerer Technologie. Etwa «The Bosnia Game», ein Virtual Reality (VR) Trainingssystem, in dem die Soldaten in der Atmosphäre einer umkämpften Stadt nicht nur mit Gegnern, sondern auch mit einer panisch, vielleicht sogar feindlich reagierenden Zivilbevölkerung konfrontiert sind.

Die graphischen Elemente dieses Systems wurden am Institute for Creative Technologies (ICT) entwickelt; einem Joint Venture der Universität von Südkalifornien (UCLA) und der US Army, die das Institut finanziert. Für das ICT arbeiten Designer, aber auch Drehbuchautoren wie Steven De Souza («Die Hard» 1 und 2) oder Regisseure wie John Milius, der die Kriegsfilme «Red Dawn» und «Flight of the Intruder» drehte sowie am Skript von «Apocalypse Now» mitschrieb. Sie wissen, wie man einen stringenten Handlungsstrang konstruiert, einen plausiblen, dabei durchaus widersprüchlichen Charakter entwirft, wie man mit einer visualisierten Geschichte Emotionen hervorruft. Für die Kriegssimulatoren sind solche, möglichst glaubwürdigen szenischen Elemente wichtig, wie Michael Macedonia, leitender Wissenschaftler am U.S. Army's Simulation, Training and Instruction Command (Stricom) in Orlando/Florida, an dem mit «The Bosnia Game» gearbeitet wird, weiß: «Je lebendiger und realistischer der Eindruck, den die Simulation bei den Soldaten hinterlässt, desto eher wird er sich an die Situationen und seine Reaktionen in einer realen Gefechtssituation erinnern, wenn es darauf ankommt.»

Die logische Fortentwicklung stellt die Einbindung solcher VR-Systeme in das Simulation Network (SIM-

NET) dar, das von der U.S. Army seit 1986 entwickelt wird. Es handelt sich dabei um aufwändige Hochgeschwindigkeitsnetze aus Glasfaserkabel, die auf enorme Datenmengen zurückgreifen können. Dank diesem System können zum Beispiel deutsche Panzermannschaften und Tornadopiloten mit amerikanischen Helikopterbesatzungen an einem gemeinsamen «Manöver» teilnehmen, ohne sich von den jeweiligen Stützpunkten entfernen zu müssen. Sie können dabei ein Szenario durchspielen, in dem es «an der ostdeutschen Grenze um die Abwehr eines Feindes geht, der über Waffen sowjetischer Bauart verfügt» – um einmal die abstrakte Redeweise der Militärs zu übernehmen, in die sie nach dem Ende des Kalten Krieges ihre durchaus konkreten Feindbildfantasien kleiden. Die Rolle des Angreifers kann dem steuernden Computer oder aber anderen Truppenteilen überlassen werden. Das SIMNET vermittelt «die Komplexität einer Gefechtssituation besser als irgendein Truppenübungsgelände, außer dem NTC in der kalifornischen Wüste oder der vergleichbaren Anlage, die die Army den Israelis im Negev einzurichten geholfen hatte», heißt es zu dieser Technik bei Clancy.

In einem letzten Vernetzungsschritt schließlich werden die fiktiven Szenarien, für die professionelle Autoren und Regisseure Hilfestellungen geben, mit exakten Daten kombiniert. Wenn man sich also einen Konflikt in der Golfregion durchspielen will, kann der Computer, neben Erkenntnissen über demographische und klimatische Verhältnisse, auch auf genaue Kenntnisse des Terrains zurückgreifen, die in der «Battle of 73 Easting», der größten Panzerschlacht des Golfkrieges, gesammelt wurden. Dank technologischer Überlegenheit und Vorbereitung am Simulator gewannen die USA diese Schlacht innerhalb von 22 Minuten, obwohl ihre irakischen Gegner acht Jahre Kriegserfahrung hinter sich hatten, das Gelände kannten, und die amerikanischen Panzercrews noch nie in eine «richtige» kriegerische Handlung verwickelt waren. Anschließend wurden die Teilnehmer der Schlacht nach ihren Erfahrungen befragt, das Gelände mit Drohnen noch einmal überflogen und die gesammelten Daten ins SIMNET eingespeist, wo sie nun jederzeit abgerufen werden können.

In diesem militärischen Netzwerk verschmilzt also die avancierteste Form der Luftaufklärung durch Drohen mit der Simulation von Gefechtssituationen. Das bedeutet, «Hollywood» wird im Krieg allgegenwärtig – freilich verstanden nur noch als eine Chiffre für den riesigen Komplex der kommerziellen Unterhaltungsindustrie, die auch den Videospielsektor sowie die Computer- und Informationstechnologie umfasst. Die «gravierende Folge dieser derzeit betriebenen umfassenden elektronischen Verknüpfung aller Komponenten militärischer Organisationen», schreiben Ute Bernhardt und Ingo Ruhmann in einem Text für die Zeitschrift «Wissenschaft und Frieden», «ist die Abbildung des Schlachtfelds in einem Datenraum.»

In diesem Datenraum verschmelzen virtuelle und reale Bilder zu einem undurchdringlichen Gemisch. Krieg wirkt nun «wie ein Hollywoodfilm mit atemberaubenden Spezialeffekten. Nur eben keine computergenerierte Animation, sondern die raue Wirklichkeit ist», wie einer der Protagonisten von Tom Clancy erschreckt feststellt. Doch diese Erkenntnis, also das Unterscheidungsvermögen von real oder virtuell, droht in den Datenräumen des Militärs tendenziell zu verschwinden. Das Bild, das sich ein Soldat vom Krieg macht, ist im Ernstfall dasselbe wie im Manöver im Simulator; eine völlig neue Qualität der Kriegsführung, die aus militärpsychologischer Perspektive sinnvoll sein mag, weil sich so Skrupel, Angst- und Stressreaktionen reduzieren lassen und somit eine größere Effizienz möglich wird. Es führt damit auch zu der völligen Entwertung des Ernstfalls, was Baudrillard schließlich davon sprechen ließ, der Golfkrieg habe gar nicht stattgefunden.

Sein Satz freilich zielte in erster Linie auf die Kriegsbilder, die in der westlichen Öffentlichkeit zirkulierten. Es gab keine (visuelle) Information, die nicht von den Militärs kontrolliert wurde. Die Logistik der Wahrnehmung, die Virilio als maßgeblich für den modernen Krieg ansieht, erreicht damit ihre letzte Stufe. Die Manipulation richtete sich gegen die eigene Öffentlichkeit, deren Sichtweise auf den und deren Haltung zum Krieg so gesteuert wurde. Ohne große Übertreibung kann man das einen Krieg gegen die eigene Bevölkerung nennen. Im Afghanistan-Feldzug kam die gleiche militärische Logik zum Tragen, womit das Bilderverbot der Taliban, das den Westen so empörte, sich auf der «eigenen Seite» wiederfand. «Du sollst Dir kein Bildnis machen», lautete auch das Gebot der amerikanischen Militärs, die auf diese Weise ihre Definitionsmacht über Wirklichkeit auf eine ähnliche Weise aufrechterhalten wollten, wie die fundamental islamistische Konkurrenz.

Wenn Alexander Kluge über die Ereignisse der letzten Monate spricht, die zum Angriff der USA in Afghanistan führten, erinnert er sich an die Kubakrise. Damals standen den Konfliktparteien Berater zur Seite, die im Vorfeld des Ersten Weltkriegs erlebt hatten, wie sich aus dem fehlenden Willen zur Diplomatie schließlich «wie von selbst» der Kriegsausbruch ergab. Solche Erkenntnis verhinderte die Eskalation auf Kuba. Der heutigen Politikergeneration und ihren Beratern jedoch, und das macht unsere Situation für Kluge so brisant, fehlt dieses geschichtliche Wissen. Man könnte sich einen Simulator auch als eine geschichtliche Technologie im Sinne Kluges vorstellen. Eine Maschine, die anders nicht zugängliche Erfahrungen bereithält, die Alternativen durchspielt und diplomatische Auswege aus einer Konfliktsituation aufzeigt. Doch was unserer Logistik der Wahrnehmung offenbar ganz aus dem Blick gerät, sind nicht-militärische Lösungen.

Christoph Strebel, * 1963; aufgewachsen in Zürich, studierte Theologie. Arbeitete als Jugendarbeiter und war Assistent für die Neuübersetzung der Zürcherbibel. Heute arbeitet er als Pfarrer in Greifensee, als Organist bei der Jüdisch Liberalen Gemeinde «Or Chadasch» in Zürich und als Jazzmusiker und Gelegenheits-Komponist. Sein neuestes Projekt: «Schnellläufer und Glatzköpfe, Paradoxien in der Antike».

Christoph Strebel

Krieg ist der Vater von allem

Zu einem Satz von Heraklit

Wenn Harald Schmidt in seiner Show den Zuschauern breit grinsend erklärt, es zeuge von gutem Stil, den größten Teil der Werke Goethes wegzuwerfen und den ganzen Thomas Mann dazu, kann er sicher sein, dass ihn eine Flut von Reaktionen begeisterter oder erboster Zuschauer erreichen wird – Briefe, die er, nach eigener Aussage, auch wegwirft.

Der Philosoph Heraklit hat sich vergleichbar pointiert und polemisch über seine damaligen literarischen Heroen geäußert. Der Freund von Streit und Auseinandersetzungen verübelte es Homer, dass er dichtete: «Schwände doch jeder Streit zwischen Menschen und Göttern»[1]. Man kennt ihn sonst als den Philosophen, der uns erklärte, dass «alles fließt», was übrigens kein Heraklit-Zitat ist, sondern von einem seiner Schüler stammt. Aber dieser Satz hat schon das Heraklitbild Platons bestimmt.[2]

Der Polemiker, der kein gutes Haar an den großen Philosophen und Schriftstellern, Lyrikern wie Epikern, ließ, hatte auch nur Spott und Verachtung für seine Mitmenschen übrig. Die gesamte Menschheit scheint für ihn in zwei durchaus ungleiche Teile zu zerfallen: Er, Heraklit, auf der einen Seite und die Menge der Dummköpfe, die sich besser aufhängen würden und die politische Führung ihren unmündigen Kindern überlassen sollten, auf der anderen Seite. Kein Wunder, dass für einen Philosophen von einem solchen Temperament Streit und Krieg alltägliche Erfahrungen waren und dass gerade diese Erfahrungen zum konstitutiven Element seiner Weltdeutung werden konnten.

Heraklits Kriegs-Metapher reizt zum Widerspruch und kann heute, nach verschiedenen furchtbaren Erfahrungen mit Kriegen, mit gutem Gewissen nicht mehr verwendet werden, obschon die Ansicht, die Welt sei eine einzige große Arena, in welcher jeder gegen jeden kämpft, genügend weit verbreitet ist und kriegerische Metaphern in verschiedenen Kontexten wieder ihre Triumphe feiern.

Wir nehmen Krieg als eine rein zerstörerische Macht wahr, als einen Moloch, der seine Kinder frisst. Auch Heraklit dürfte dieser Aspekt des Krieges nicht entgangen sein. Wie kann es dann dazu kommen, dass er im Krieg einen geradezu kreativen Aspekt entdecken konnte?

Zu Beginn seiner Überlegungen dürfte wohl eine elementare Beobachtung gestanden haben. Es gibt unversöhnliche Gegensätze: Kluge und Dummköpfe, Leben und Tod, Krieg und Frieden. Diese Gegensätze befinden sich in einem ständigen Streit und sind für den wahren Weisen aber doch nur Eines. Sie bilden keine Einheit aufgrund einer plötzlichen Abfolge oder eines allmählichen Überganges. Die Anwesenheit des Einen schließt automatisch die Abwesenheit des Anderen mit ein.

So sind Wachen und Schlafen für Heraklit unversöhnbare Gegensätze, also nicht Eigenschaften oder Tätigkeiten, deren Umschlagen in ihr jeweiliges Gegenteil wir als Subjekt unbeschadet überstehen könnten. Wer schläft, ist ein

Anderer als der, der eingeschlafen ist. Zwischen Einschlafen und Erwachen klafft ein unüberbrückbarer Abgrund.

Heraklit spricht von der Einheit von Gegensätzen. Aber die Gegensätze, von denen Heraklit spricht, lassen sich nicht in einen Oberbegriff aufheben. Wachen und Schlafen sind nicht Eines, weil sie demselben Menschen widerfahren, sondern sie sind es auf eine paradoxe Art.

Die paradoxen Formulierungen Heraklits haben Aristoteles zu der polemischen Bemerkung veranlasst, Heraklit habe den Satz des Widerspruches nicht akzeptiert.

Der Satz «a ist zugleich auch nicht a» heißt in einer Logik, die nur «falsch» und «wahr» kennt, Kontradiktion. Kontradiktionen haben die Eigenschaft, dass sie unter keinen denkbaren Umständen richtig sein können. Akzeptieren wir nun eine Kontradiktion als Axiom oder, noch schlimmer, stoßen wir durch logisch korrektes Schließen auf einen Widerspruch in sich selbst, so bedeutet das der GAU unseres logischen Systems. Aus einer Kontradiktion folgt nämlich logisch korrekt alles Beliebige, auch jeder beliebige Unsinn.

Wenn nun Heraklit betont, dass alle Widersprüche in Wahrheit Eines sind, so scheint er die Wahrheit der Welt wirklich auf einer Kontradiktion gründen zu wollen, und das hätte, wie Aristoteles bemerkte, wirklich fatale Folgen.

Eine Art von «aufgeweichter» Logik könnte uns aus der Verlegenheit helfen. In einer aufgeweichten Logik könnten wir immerhin sagen: Jeder runde Körper ist auch gleichzeitig immer ein wenig eckig und jede gerade Linie immer ein wenig holprig und krumm. Wir nennen gewisse Gegenstände aus Übereinkunft einfach gerade oder rund, weil sie ein gewisses Maß an Holprigkeit oder Eckigkeit nicht überschreiten. Oder wir könnten sagen: «Jedes a ist auch immer ein wenig nicht a», aber eben nur so wenig, dass «a» noch deutlich überwiegt.

Aber Heraklit dachte noch radikaler, und es ging ihm um etwas anderes als die strenge Logik. Statt mit einer «aufgeweichten» Logik, müssen wir bei Heraklit mit einer «aufgeweichten» oder «verflüssigten» Welt rechen, mit einer Welt voller Gegenstände, die ständig zwischen prinzipiell gegensätzlichen Grundzuständen oszillieren. Diese Unfasslichkeit der Gegenstände in ihrem Auseinandertreten in ihre Gegensätze, das Oszillieren zwischen gegensätzlichen Grundzuständen, ist die Wahrheit der Welt. Diese Gegensätze sind Eines, sei es nun, dass sie sich so zeigen, dass sie zeitlich aufeinander folgen oder dass sie in einer gewissen Spannung, wie zwei unterschiedlich gestimmte Saiten, geradezu harmonisch zusammenklingen.[3]

Identität und Veränderung, diese unvereinbaren Gegensätze finden sich in ein und demselben. Das macht Heraklit in seinen berühmten Sätzen über die Eigenschaften des Flusses[4] deutlich: «In dieselben Flüsse steigen wir und steigen wir nicht.»[5] Der selbe Fluß ist kurze Zeit später ein anderer. Der Gegensatz von Veränderung und Identität, auf welchen die Sätze über den Fluss hinweisen, lässt sich nicht zu Gunsten des einen oder anderen aufheben. Fließen und Identität des Flusses sind untrennbar miteinander verbunden und aufeinander bezogen.

Auch im Wortspiel zeigt sich das abrupte Auseinandertreten von gegensätzlichen Bedeutungen in einem Wort. Heraklit macht sich bei einem seiner Wortspiele zunutze, dass ein griechisches Wort für den «Pfeilbogen» existiert, das sich gleich schreibt wie das Wort für «Leben». Die beiden Wörter unterscheiden sich lediglich durch eine Nuance in der Aussprache. Er schrieb: «Der Name des Bogens ist ‹bios›/Leben und Tod ist sein Werk.»[6] Der erste Teil des Satzes lässt im Wort «bios» erst die Bedeutung «tödliche Waffe» aufscheinen, die dann abrupt in die Bedeutung «Leben» umschlägt. Dieser Bedeutungsumschlag von «Bogen» zu «Leben» wird durch das Wort Tod, das reine Gegenteil von Leben, provoziert.

Wie das abrupte Umschlagen eines Begriffes in sein Gegenteil oder die gespannte Harmonie zweier Gegensätze zeigt, existieren Gegensätze nicht friedlich nebeneinander. Gegensätze, die im Streit miteinander liegen, sind die Wahrheit der Welt, und alles existiert im Gegensatz zu sich selbst[7].

Mit dieser Bemerkung Heraklits haben wir uns bereits langsam seiner Kriegs-Metapher genähert. Der ganze überlieferte Satz lautet: «Krieg ist Vater von allem, von allem König, und die einen erweist er als Götter, die anderen als Menschen, die einen macht er zu Sklaven, die anderen zu Freien.»[8]

Auch dieser Satz ist nicht frei von polemischen Anspielungen. Als Vater von allem und allen galt Zeus, aber nach Heraklits Auffassung hat die Welt keinen Schöpfer und keinen Anfang[9]. Sie besteht von allem Anfang an aus Gegensätzen und Streit.

Krieg ist nun nicht nur eine Möglichkeit, wie sich Streit und Gegensätze äußern, sondern er zeigt, wie die Welt der Menschen wirklich ist: gegensätzlich und zerstritten. Der Krieg schafft diese gegensätzliche Welt, indem er den Menschen zu ihren verschiedenen Möglichkeiten verhilft: den einen zu Freiheit, den anderen zu Sklaverei. Beide gegensätzlichen Möglichkeiten sind in den Menschen bereits vorhanden und werden durch den Krieg nur aktualisiert. Im Krieg erweisen sich die einen als göttergleiche Helden und die anderen als allzu menschliche Feiglinge.

Der Krieg, der wahre Gott, ist allen Dingen, die sich in Wahrheit als Einheit von unversöhnlichen Gegensätzen zeigen, gemeinsam. In diesem Sinne ist er zwar keine kreative Macht, wie das ein Schöpfergott wäre. Aber wie ein Gott durch sein Schöpferwort der Welt zur Wahrheit verhilft, so verhilft der Krieg der Welt zur Wahrheit, indem er das plötzliche Auseinandertreten von Gegensätzen sichtbar und gleichzeitig Wirklichkeit werden lässt.

1 Aristoteles, Eud. eth. H1, 1235a26f. (zitiert nach DK 22 A 22). Alle Fragmente sind zitiert nach: «Diels, H. / Kranz, LS. (Hrsg.), Die Fragmente der Vorsokratiker, Berlin [10]1961».

2 F. J. Weber, Fragmente der Vorsokratiker, Paderborn 1988, S. 91.

3 Zur Metapher der Harmonie von Gegensätzen vgl. zB. DK 22 B 51, DK 22 B 8, DK 22 B 10.

4 DK 22 B 12, DK 22 B 91.

5 DK 22 B 49a.

6 DK 22 B 48.

7 DK 22 B 80.

8 DK 22 B 53.

9 DK 22 B 30.

Marc Djizmedjian, *1967; lebt in Zürich, arbeitet als Redaktor. Veröffentlichte «Die Nachtrose. Gedichte» im Eigenverlag, 1998.

Marc Djizmedjian

Das Ich als Kriegsfeld und der Friede der Kunst

«Die Linie, die Gut und Böse trennt, verläuft nicht zwischen Klassen und nicht zwischen Parteien, sondern durch jedes Menschenherz.» (Solschenizyn) Kann man vom Krieg sprechen, ohne an den Frieden zu denken? Vielleicht haben wir es nie gelernt. Von frühster Kindheit an hat man uns für den kriegerischen Wettkampf aller gegen alle gerüstet. Die Menschen um uns herum haben es getan; wir werden sie so lange in Schutz nehmen, als wir jemand anders sein müssen. Es gibt viele Arten Krieg, aber nur einen Frieden. Schuld.

Das Ich und der Krieg

Die Ketten des Ichs sind die Ketten der Familie. Damit beginnen wir, aber wir müssen damit nicht enden. Der Versuch, die erlittenen Verletzungen zu erinnern, ist der Versuch, diese Ketten aufzulösen. «Wer musste ich sein?», ohne an dieser Frage gelitten zu haben, bleibe ich mir fremd. Doch selbst was ich von mir zu wissen bekomme, «weiß» ich eigentlich nicht. Denn dieses «Wissen» ist wie jedes Wissen relativ. Die Kenntnis der eigenen Geschichte nützt mir nur so weit, als ich sie wieder in Frage stellen kann. Manchmal führt sie an den Abgrund. Was hält mich, wenn ich den letzten Schritt tue? Psychoanalyse als persönliche Geschichtsforschung rührt also an mein Sein, um es im besten Fall zu entzünden; ich werde wirklich zum Rätsel, das ich immer war. Ich weiß jetzt nur noch, wenn ich nicht mehr weiß, und ich muss jetzt nicht mehr alles wissen; gewisse Dinge kann ich belassen, was mit Freiheit für die Anderen verbunden ist. Mein befragtes Ich wird nie mehr festzulegen sein.

Was für das Individuum gilt, gilt für das Ganze. Die letzten Jahrhunderte standen zunehmend im Zeichen der Wissenschaften; sie können auch als Versuch gedeutet werden, das unberechenbare Erbe der Evolution zu besänftigen. Schon der forschende und ordnende Geist ist friedlich. Humanität aus Erkenntnis also? Vielleicht eher aus dem Fragen, das der Erkenntnis vorangeht und das seine Wurzeln im Staunen hat. Biologische, familiäre und kulturelle Abstammung und Bestimmungen sind stets Zufall, aber das Ich will mehr sein als dieser. Hier tut sich das gefährliche Feld seiner Freiheit auf; da beginnt auch seine Angst.

Und der Krieg? Er geschieht im festgelegten Ich. Im Ich, das sich selbst «im Griff» hat. Das keine Fragen mehr kennt. Denn der Krieg, das scheint zuerst eine Frage des Ichs zu sein. Das Ich ist das Kriegsfeld, und da zuerst kristallisiert er sich. Diese Kristallisation ist eine langwierige, eben in der Kindheit zugrunde gelegte. «Aus erlebtem Hass und erlebter Gewalt entstehen Hass und Gewalt», meint der Mediziner Claus Buddeberg. Wäre Krieg bloß eine Frage von gesellschaftlichen Strukturen, die nie gerecht waren: Was wäre er? Nichts weiter als ein dem Ich auferlegtes Schicksal. Denn da hinein bin ich geboren; da kann ich gar nicht hinaus. Darum ist es fahrlässig, die äußeren Umstände allein für den Krieg verantwortlich zu machen. Natürlich ist jeder Mensch durch äußere Strukturen geformt, aber seine besteht darin, diese Strukturen aufzubrechen. Es ist immer auch der einzelne Mensch, der Krieg führt, und der Krieg ist in jedem einzelnen Menschen. «Schicksal» als Argument für einen Krieg? – der «auferzwungene» Krieg wieder unserer Tage? – kann so gut eine Form von Hilflosigkeit wie von Zynismus sein. Es kommt vor, dass auf Krieg ein dauerhafter Friede folgt; den Krieg macht dieser Friede nicht besser. Das scheint oft vergessen zu werden, wenn Politiker oder Militärs ihre Kriege rechtfertigen. Zwischen Krieg und Friede besteht keine Kausalität; es sind zwei voneinander vollständig unabhängige Kategorien.

Keinem Frieden muss ein Krieg vorangehen, keinem Krieg ein Friede. Wie bequem ist es doch, von «Schicksal» zu sprechen und dann zu morden. Krieg ist nicht Schicksal, sondern Entscheidung.

Das moderne Ich

Das moderne Ich des Westens steht nicht mehr im Spannungsfeld von Welt und Gott. Es hat sozusagen seine Unschuld verloren. Es ist selbst zum Kampfplatz der Welt geworden. Die Zeit hat es aus allem Schicksal, das ihm die Verantwortung abnimmt, heraus genommen und weiß ihm keinen Platz. So zirkuliert es frei und jenseits aller moralischen Verpflichtung. Es kann tun, was ihm beliebt, nur weiß es nicht, was es tun soll; es hat sein Sollen verloren. Das Nirgends soll ihm ein Zuhause sein, aber Nirgends ist kein guter Ort zum Bleiben; es ist kein Ort. Kultromane wie Houellebecqs «Ausweitung der Kampfzone» haben solchen Erfolg, weil sie dieses Ich beschreiben, das Schauplatz des allgemeinen Welt-Kriegs ist. Eigentlich kennt man das Problem aus dem existenzialistischen Roman, wo das Ich ohne Gott mit der Welt zurechtkommen muss. Neu ist nicht die Position, sondern das Fehlen der Chiffre «Sehnsucht», die bei Beckett immer spürbar bleibt. Wer das Moment der Transzendenz aus dem Werk verbannt, nimmt ihm das Leben. Es gibt seit einiger Zeit Bücher, die solche Welten jenseits der Sehnsucht zum Gegenstand haben und die vielleicht erst da wesentlich von uns sprechen. Wir müssen sie nicht gelesen haben, um sie zu kennen: Schon die Titel besagen den totalen Krieg. Denn solche Bücher *sind* Krieg. Und weil sie Krieg sind, können sie keine Kunst sein.

Das verzweifelte Ich

Der Krieg beginnt im Ich, das leidet. Er bringt so viel Leiden, wie das Ich, das ihn führt, erlitten hat. Das leidende Ich ist verzweifelt. Mag der Grund seines Leidens in seiner Geschichte liegen, es verzweifelt doch letztlich an sich selbst. Der Denker Sören Kierkegaard fasste das Problem wie folgt zusammen: Das Individuum will verzweifelt sich selbst sein. Es will verzweifelt nicht sich selbst sein. Oder es ist sich verzweifelt gar nicht bewusst, ein Selbst zu haben. Die Verzweiflung lösen kann das Individuum nicht selbst, es braucht eine Hilfe, die es sich allein aber nicht geben kann. Also soll sie ihm ein anderes geben. Doch jenes ist ebenso begrenzt wie es selbst, es hat gar nicht die Macht, das verzweifelte Ich von seinem Leiden zu erlösen. Nach Kierkegaard vermag dies nur etwas Drittes, eine wie auch immer geartete Transzendenz. Darum hat die Verzweiflung im Kern eine transzendente Dimension. Der Krieg ist der Lösungsversuch dieser Verzweiflung. Im Krieg verzweifelt die Verzweiflung des Ichs sozusagen an sich selbst. Konkret ist es die verzweifelte Antwort eines Menschen an sich selbst, der nichts hat als sich selbst und auch an nichts glauben kann. Und weil das so ist, verzweifelt er. Führt er Krieg. Warum aber kann er nicht glauben? Weil er Angst hat.

Der Krieg stammt so gesehen aus einem totalen Ich, das Objektivität nicht hat. Erst das Ich, das sich objektiv gegen sich selbst verhält und subjektiv gegen andere, kann ein friedliches Ich sein. Denn erst dieses Ich kann ein anderes Ich verstehen. Da erst gibt es eine Verbindung und beginnt der Friede. Möglich wird das, wenn es außerhalb von Ich und Ich noch etwas gibt. Was dies sein könnte, kann das Ich nur ahnen. Diese Ahnung auszuhalten, ohne erneut zu verzweifeln? Es gibt nichts Schwierigeres für ein Ich.

Das verzweifelte Ich ist es nicht freiwillig. Trotzdem ist der Krieg immer schon Entscheidung und Schuld. Im Bild gesprochen: Ich selbst bin der Tag oder die Nacht. Ich selbst bin der Krieg oder der Friede. Wer sonst?

Die Geschichte von Kain und Abel

Es ist letztlich die Angst, die das Individuum böse macht. Das Bewusstsein eigener Existenz steht am Anfang dieser Angst, das Bewusstsein des Todes also. Jetzt erst bekommt der andere Bedeutung für mich. Ich sehe, es gibt mich selbst, ich sehe, es gibt den anderen. Ich begreife, ich bin und könnte nicht mehr sein. Ich begreife, der andere ist und könnte nicht mehr sein. Wenn mir der andere im Weg ist, könnte ich ihn aus dem Weg schaffen. Ich habe die Wahl. Auch das begreife ich. Töte ich ihn, habe ich das Problem scheinbar endgültig gelöst.

Kain und Abel lebten friedlich. Dann tötete Kain Abel, weil er eifersüchtig auf ihn war. Denn Gott hatte Abels Opfer angenommen und sein eigenes zurückgewiesen. Aber Kains Problem war im Grunde Abel, nicht Abels Opfer. Kains Problem war, dass er sich mit Abel verglich und den Vergleich nicht ertrug. Er maß sich mit seinem Bruder, statt Gott zu fragen, warum er sein Opfer nicht annehme. Er hätte Abel nicht töten müssen, er hätte den Dialog mit Gott suchen können. Das tut er aber nicht, sondern er «ergrimmt» über Abel. Er ist schon in der Angst. Auch die Ermahnung Gottes ist jetzt nutzlos. Kain wird Abel töten, weil er muss. Er glaubt nicht mehr daran, dass Gott es mit ihm gut meint. Er glaubt überhaupt nichts mehr; er ist verzweifelt. Später wird er fliehen und im Land «Nod» leben, wörtlich: im Land der Flucht.

Kains Problem ist sein fehlender Glaube; er kann nicht mehr glauben. Könnte er glauben, er müsste nicht töten. Er wäre herausgelöst aus dem Gefängnis einer endlichen Welt, wo es nur sein eigenes und Abels Ich gibt. Im Augenblick, als Gott ihn zur Rede stellen will und er «ergrimmt», ist er von Gott schon getrennt. Es gibt Gott da nicht mehr für ihn als eine ordnende Instanz. Soweit die Genesis zur Ursache von Gewalt.

Dürrenmatts literarische Darstellung der Verzweiflung

Als literarisches Paradigma für den Krieg sei Dürrenmatts «Stoff» «Der Winterkrieg in Tibet» (1980) angeführt. Die *Sinnlosigkeit* des Krieges hat in dieser Prosa eine Verkörperung gefunden. Da kämpfen nicht etwa zwei Armeen gegeneinander, sondern jeder gegen jeden. Das ist exakt der Zustand, in dem sich die Soldaten in jedem Krieg befinden. Selbst der «Waffenbruder» ist ja kein Bruder, sondern nur zufällig auf meiner Seite; auch er ist im Grunde mein Feind. Denn Armeen werden nicht durch Vertrauen zusammengehalten, sondern sind Systeme der Angst, basierend auf Belohnung und Strafe. Neu bei Dürrenmatt ist auch der Ort des Krieges. Der Krieg spielt sich in der Tiefe ab, in unzähligen Gängen unter dem Himalaya. Zu lesen als Parabel auf das Wettrüsten der Großmächte in den sechziger und siebziger Jahren, kann die Tiefenpsychologie verstehen helfen, was der Autor da überhaupt schreibt. Im Berg heißt wohl: Da, wo ich nichts sehe. Und wirklich ist es dunkel da. Die Krieger sehen sich nicht. Niemand sieht den anderen. Niemand weiß, gegen wen er kämpft. Niemand weiß, wann und warum dieser Krieg begann und ob er jemals enden wird. Alle sind blind. Und niemand weiß, wer sein Feind ist. Nur wir Leser wissen es: Der Krieger selbst ist sich der Feind. Wir wissen: Es ist überhaupt Krieg, weil das Ich kein Gegenüber hat. Bei Dürrenmatt gibt es aus diesem Gefängnis keinen Weg hinaus. Das Ich muss gegen sich selbst kämpfen, solange es lebt. Nie wird es sich gegen den Krieg entscheiden. Es folgt der Logik des Krieges bis zum Schluss. Am Ende steht denn auch der sinnlose Tod des Erzählers, der seine Geschichte in die Wände der unterirdischen Gänge geritzt hat. Jenseits der Welt wartet auf ihn nicht die Ewigkeit, sondern das Nichts.

Der Glaube war das Paradox, womit Dürrenmatt, Sohn eines Pfarrers, lebenslänglich kämpfte. Seine Vernunft machte aber sozusagen gut kantianisch vor der Tür zur Ewigkeit Halt; die Akzeptanz dessen, was den Menschen erst humanisiert, war diesem Künstler nie begreiflich, und darüber wollte er auch nicht spekulieren. «An sich» ein vernünftiges Unternehmen, half es ihm doch nicht weiter. Da war noch etwas, was ihn nicht losließ. In der Spannung zu diesem entstand seine Kunst.

Die Problematik manifestiert sich schon sehr früh in der Erzählung «Pilatus» (1946). In der Geißelung Christi, vom Autor «der Gott» genannt, triumphieren noch einmal die Gesetze der Natur über jene des Geistes; das Gesetz des Stärkeren feiert seinen vorläufig letzten Sieg. Pilatus, der die Geißelung «des Gottes» heimlich beobachtet, kann es nicht fassen, dass man einen Gott überhaupt foltern kann. Daran verzweifelt er schließlich. «Von nun an war es ihm, als würde er sich als ein Toter unter Toten bewegen.» Dass «Christus» einfach eine Chiffre (unter anderen) des Lebens sein könnte, nicht ein «Gott», was ohnehin eine theologische Finte ist, davon weiß Dürrenmatts frühe Prosa nichts zu berichten. «Pilatus» kann als Gleichnis nicht nur der Verzweiflung des Pilatus, sondern auch als derjenigen des Autors gelesen werden.

Wer Dürrenmatts Bilder im «Centre Dürrenmatt» studiert,

wird nicht darum herum kommen, seine Kunst eine der Verzweiflung zu nennen. Die Dunkelheiten überwiegen, kaum ein Bild hat Licht. Humor ja, aber wie oft der eines Gepeinigten. Auch das kosmische Lachen eines nicht existenten Gottes, das einen aus den Bildern zuweilen anspringt, ist ein am Zufall der Existenz verzweifelndes: Dieser Geist konnte nicht glauben, dass der Mensch selbst der Sinn sein soll, wie Dürrenmatt einmal meinte, so gesehen scheint es nicht mehr als die Hoffnung dieser Verzweiflung. Dürrenmatt, nach eigenem Bekunden von Kierkegaard entscheidend geprägt, hat ihn nicht zu Ende gelesen.

Der Frieden der Erzählung

Von zwei Büchern soll in der Folge noch gesprochen werden. Das eine – Adalbert Stifters «Nachsommer» – nannte der hochmütige Thomas Mann «lächerlich vor Reinheit und Leidenschaftslosigkeit»; der Autor von «Die Lehre der St. Victoire», Peter Handke, teilt die zeitgenössische Kritik in Verteidiger und Verdammer. Tatsächlich macht schon die Abwesenheit der Darstellung menschlicher Verlogenheit beide Bücher zu etwas Besonderem; darin mag auch eine Ursache liegen, dass man sie in Stifters Fall als «realitätsfern», in Handkes als «esoterisch» verwirft. Beide Bücher erzählen aber schlicht von einer Welt, wo Hintergedanken keinen Platz haben. Erzählen von einer friedlichen Welt. Vom friedlichen Ich. Vielleicht ist das schon etwas Ungeheures, dass es diese Welten überhaupt gibt. Utopien? Es sind jedenfalls heimatliche Bücher, die etwas unaufdringlich Utopisches an sich haben.

Was gibt dem «Nachsommer» seinen zarten Glanz? Was der «Lehre der St. Victoire» die sanfte Stärke der Heimatlichkeit?

Im «Nachsommer» ist es vielleicht, vom schlichten Stil einmal abgesehen, diese für heutige Leser ans Absurde grenzende Zurückhaltung der handelnden Figuren untereinander. Was sie voneinander denken und füreinander fühlen, blendet Stifter fast gänzlich aus. Der Erzähler, ein junger Mann, der einmal im Jahr zu Gast bei einem wohlhabenden Landherrn weilt, welchen er zufälligerweise kennen gelernt hat, weiß die längste Zeit nicht einmal, wer sein Gastgeber überhaupt ist. Er wagt auch nicht, ihn nach seinem Namen zu fragen, stellt aber immerhin – höchste Indiskretion? – einige vorsichtige Nachforschungen an. Man fragt sich zuweilen schon, ob er den Namen seines «Gastfreunds» überhaupt wissen will. Unter solchen Umständen dauert auch die Annäherung zwischen ihm und einer jungen Frau viele Jahre und Hunderte von Seiten im Buch. Ausdrücklich ist von Liebe vorher zu keinem Zeitpunkt die Rede; man fühlt nur, etwas bahnt sich da an. Als die beiden sich ihre Liebe dann endlich gestehen, bleibt Eros seltsam unlebendig. Der feierliche Kuss in der Grotte vor einer marmornen Nymphe, dem ein formelhaftes Liebesgeständnis vorangeht, besiegelt überraschend schnell und endgültig den «Bund».

Das alles klingt wenig aufregend. Und doch – unbegreifliches Doch –, das Buch ist spannend, außerordentlich sogar. Die Darstellung eines leidenschaftslosen und friedlichen Lebens, eines gänzlich unproblematischen Daseins in höchster familiärer Eintracht auch, die man zu Beginn nicht glauben mag und an die man bei fortschreitender Lektüre immer mehr glauben muss – hier ist sie gelungen. Warum? Schwer zu sagen. Leser, die sich einen ursprünglichen Blick auf die Dinge bewahrt haben, vielleicht nur sie, finden im «Nachsommer» jedenfalls eine unverfälschte Welt vor. Wenn sie nur die Geduld aufbringen, sich in die gleichmäßig dahinfließende Geschichte hinein zu begeben. Dass es diese Welt «in Wirklichkeit» gar nicht gebe, wie man zuweilen hört, dass sie allzu schön gemalt sei, überzeugt nicht.Denn sie steht ja da, diese Welt, unaufdringlich friedlich,unaufdringlich «realitätsfern». Darum vielleicht umso wirklicher?

Und diese «Lehre der St. Victoire»? Es ist eine Erzählung, gesprochen mit der besseren Stimme. Im Zentrum steht die Beschreibung eines Berges in der Provence, eben der St. Victoire, den Cézanne vor hundert Jahren gemalt hat. Es ist die Landschaft des Malers damals, die der Schriftsteller heute erwandert und erzählt. Wie im «Nachsommer» befinden wir uns im Hellen. Da ist Himmel, da sind Farben. Da ist springendes Wasser. Eine Darstellung der unschuldigen Natur? Wohl eher eine Betrachtung der Natur, in welcher sich die Landschaft zurück ins erzählende Ich spiegelt. Was dann auch Anlass gibt zu Reflexionen über sich.

Genügt das schon zum Frieden? Vielleicht nicht ganz. Wie im «Nachsommer» ist da noch etwas. Man könnte es als das Moment der Unterordnung in der Erzählung umschreiben, durch welche das Transzendente erst «sichtbar» wird. Die Mystik der Betrachtung stellt das Ich in einen anderen Kontext. Es schimmert unerklärlich nun; etwas ist dazugekommen; die veränderliche Gegenwart hat klare Gestalt. Ein Gleichgewicht stellt sich her, es ist, als bewohne man lesend ein Haus. Solches Geschehen womöglich kann das Leiden eines Ichs erst verwandeln, indem es ihm die Möglichkeit gibt, seine Versehrtheit zu begreifen und als zu sich gehörig zu akzeptieren.

Durch die behutsame Beschreibung des Autors erhält die St. Victoire ihre ursprüngliche Bedeutung zurück. Der Berg wird zum Lebenssymbol. Die Erzählung Handkes glänzt wie der «Nachsommer» durch die Abwesenheit von Gewalt und Leidenschaft. Nur in der von Menschen «wahnsinnig» gemachten Dogge am Rand eines Militärgeländes kommt «das Böse» vor. Jedoch begreift der Erzähler bald, dass der Hund, welcher ihm hinter dem Zaun nach dem Leben trachtet, gar nicht ihn im Besonderen meint; er meint ihn als den, «der, unbewaffnet und ohne Uniform, bloß war, der er war.» Sonst wirkt im Buch eine Art Begeisterung; eine stille freilich, eine ungeheuer durch die Schrift gebändigte, dadurch stellenweise tatsächlich strahlende. In dieser Erzählung muss niemand leiden, aber man spürt, dass das erzählende Ich das Leiden genau kennt. Die brüchige Gegenwart ist schön. Selten in der Literatur ist es auch für den Leser ein Wagnis, ihm begegnen zu können, diesem «inneren Licht der Erzählung».

Sandra Boeschenstein, *1967 in Zürich; 1988/89 Studium Philosophie und Kunstgeschichte in Zürich, 1989 - 95 Schule für Gestaltung Bern. Studien- und Werkbeiträge des Kantons Zürich, 2003 Stipendium Akademie Schloss Solitude, Stuttgart. Courtesy Galerie & Edition Marlene Frei, Zürich. Publikation: «Ereignisse, größere und kleinere», Edition Eva Bechstein.

Sandra Boeschenstein

Forschung am Blick

Sandra Boeschenstein zeichnet fein und präzise, stellt den Zeichnungen sorgfältig und genau Text zur Seite und vermittelt auf den ersten Blick die Illusion, es handle sich um klar verständliche Gebrauchsanweisungen oder anschauliche Forschungsprotokolle, die man nur Schritt für Schritt zu verfolgen habe, um zu einem eindeutigen Resultat zu gelangen. Mit den zweiten und dritten Blicken suchen die Augen die großen Blätter, auf denen die zarten Zeichnungen und Wörter zu schweben scheinen, nach Sinn und Zusammenhang ab, lesen entlang der gepunkteten Linien und Buchstaben, erkennen einiges, verstehen einiges, melden aber dem Gehirn, dass auch einiges doch sehr überraschend, rätselhaft und irritierend geblieben sei. Und sehen im hier vorliegenden Fall, dass sie selbst und ihr Funktionieren zum Thema gemacht ist.

Die Augen, wir vergessen sie beim Sehen – es sei denn, sie versagten ihren gewohnten Dienst und stellten auf Unschärfe. Hat man sich dann an die Brille gewöhnt, dann ist wieder alles beim Alten. Man steuert im Alltag mit Hilfe der Augen durch die dreidimensionale Welt, sieht genau oder zerstreut, rastlos und selektiv, nimmt ungeheure Bilddaten in sich auf, vergisst glücklicherweise einen Teil, speichert aber auch alles Mögliche und Unmögliche kreuz und quer durcheinander, stellt sinnvolle und sinnlose Verbindungen her und liest darüber hinaus die Informationen der zweidimensionalen Welt der Bilder. Was die Augen und – im wahrsten Sinn beziehungsweise – das Gehirn erkennen, ist Gegenstand unzähliger Forschungen. Hier nur das eine Beispiel: Den Nomaden, denen man eine Fotografie ihrer Kamele gezeigt hat, erkannten nichts auf dem Bild. Ihr Gehirn, ihre Augen waren an Fotografie noch nicht gewöhnt, sie konnten sich aus den abstrakten Flächen die dreidimensionalen Gegenstände nicht erschließen, sie konnten das Bild nicht lesen – das Faktum, dass das Bilderlesen gelernt sein will, können sich die Menschen der Medien- und Informationsgesellschaft kaum mehr vorstellen.

Sandra Boeschenstein macht mit ihrer Zeichnungsserie «Blickverkehr» die Selbstverständlichkeit des Sehens – immerhin eine der wichtigsten Voraussetzungen schriftstellerischen wie bildnerischen Schaffens – wieder unselbstverständlich. Dabei vermischen sich poetische Aspekte mit wissenschaftlichen, anschauliche Beispiele werden von abstrakten Gedanken abgelöst, dazwischen tut sie assoziative Bocksprünge in Wort und Bild und stellt knifflige Fragen: Wie weit ist es hinter den Augen hell? Und wohin geht das Nichtgesehene? Wie wenig reicht, um viel zu sehen. Wie viel reicht, um wenig zu sehen?

Die speziell für «entwürfe» entstandene Zeichnungsserie «Blickverkehr» wurde vom Museum zu Allerheiligen Schaffhausen angekauft.

Nadine Olonetzky

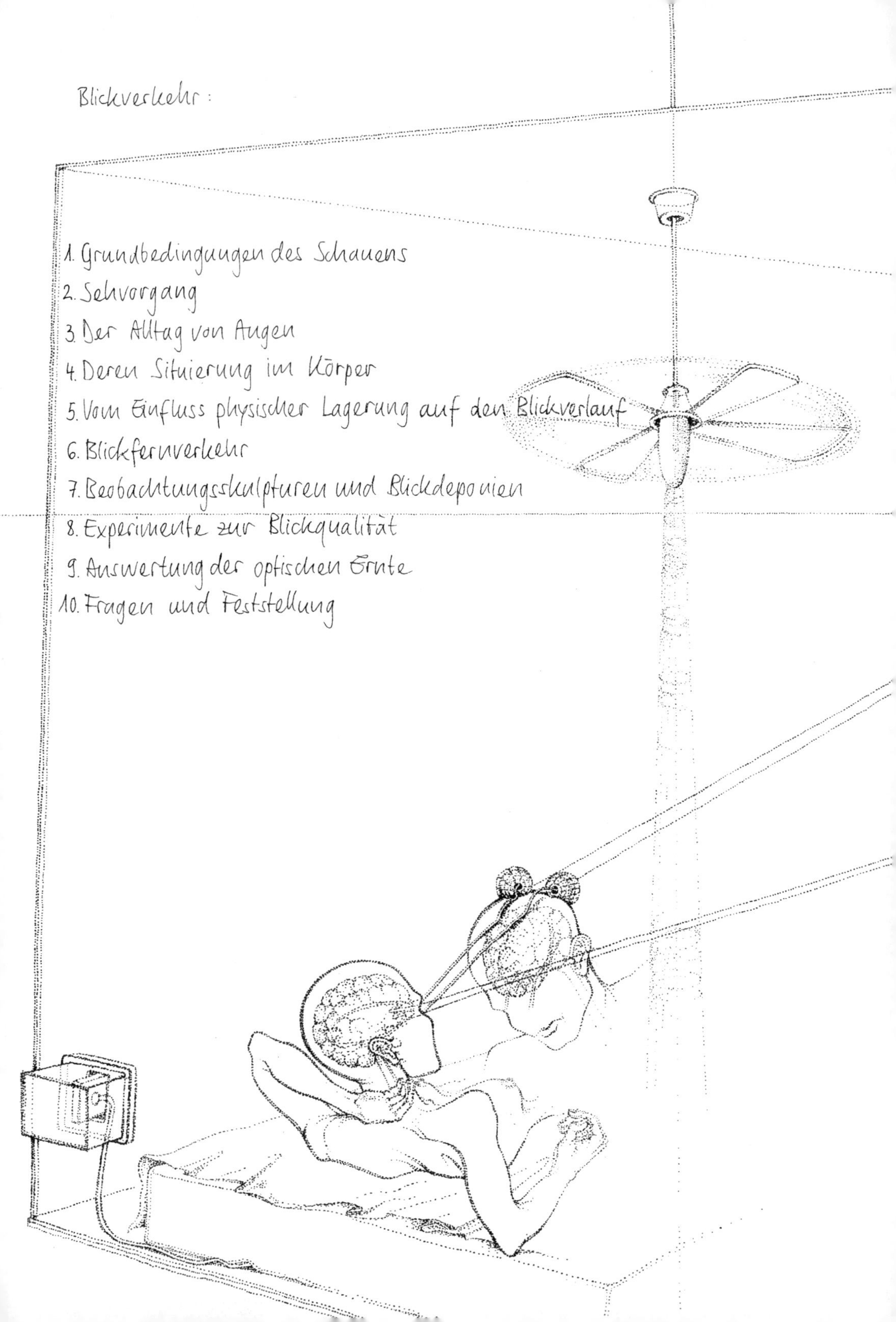
Blickverkehr:
1. Grundbedingungen des Schauens
2. Sehvorgang
3. Der Alltag von Augen
4. Deren Situierung im Körper
5. Vom Einfluss physischer Lagerung auf den Blickverlauf
6. Blickfernverkehr
7. Beobachtungsskulpturen und Blickdeponien
8. Experimente zur Blickqualität
9. Auswertung der optischen Ernte
10. Fragen und Feststellung

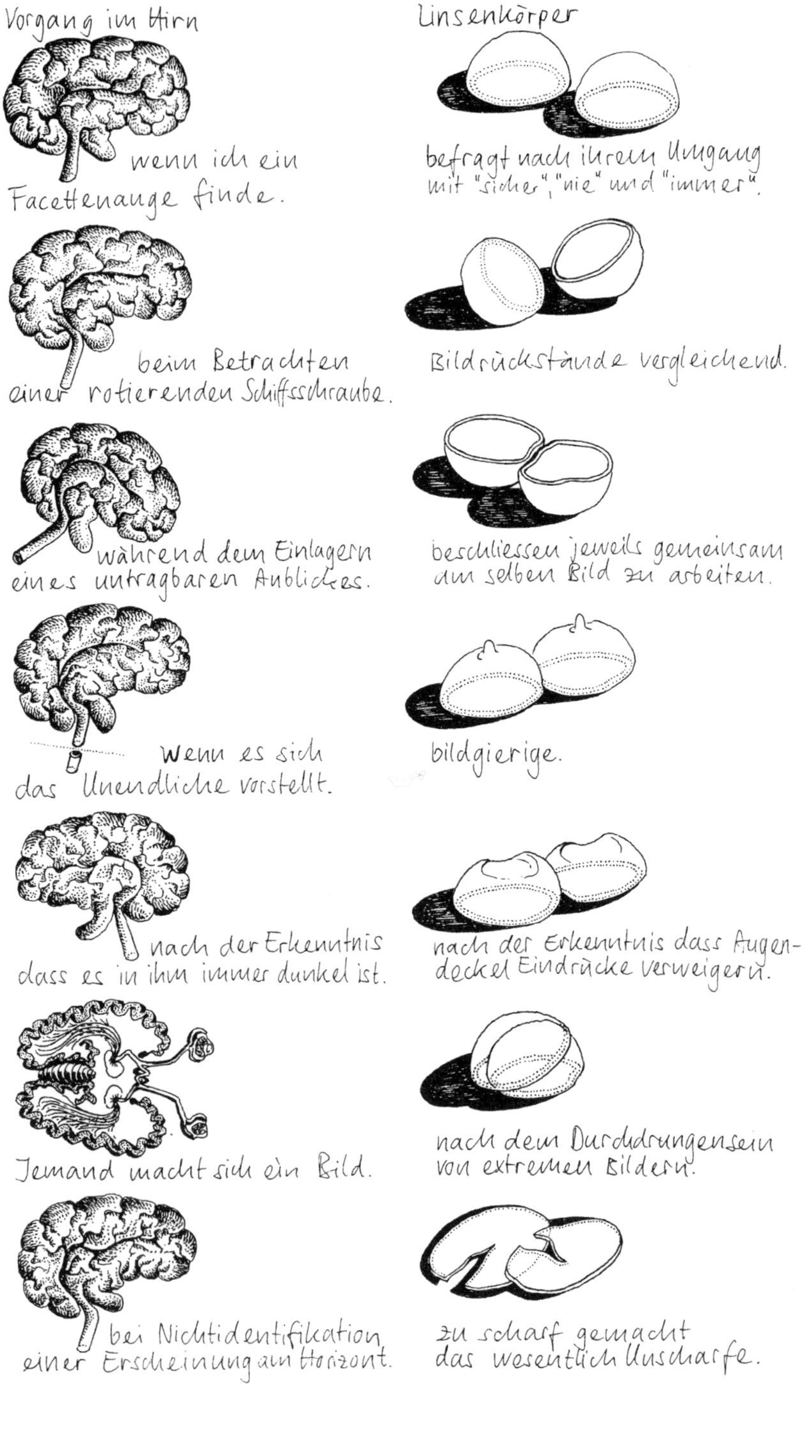

Grundbedingungen des Schauens

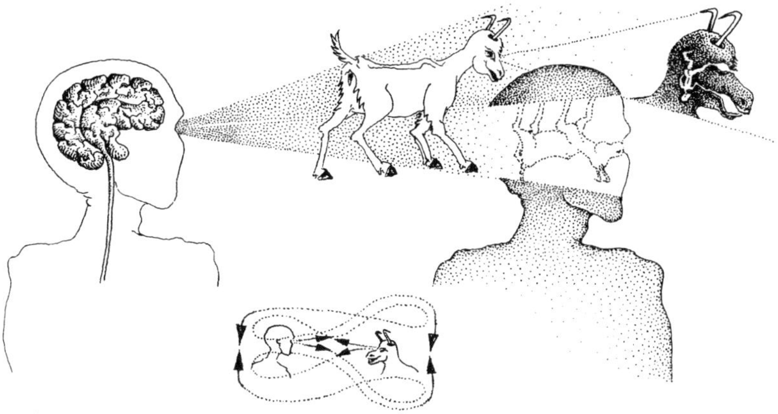

wahrgenommenes Ereignis → physiologische Verarbeitung → Erlebnis.
verstärkt sich der Wahrnehmungssog wechselseitig?

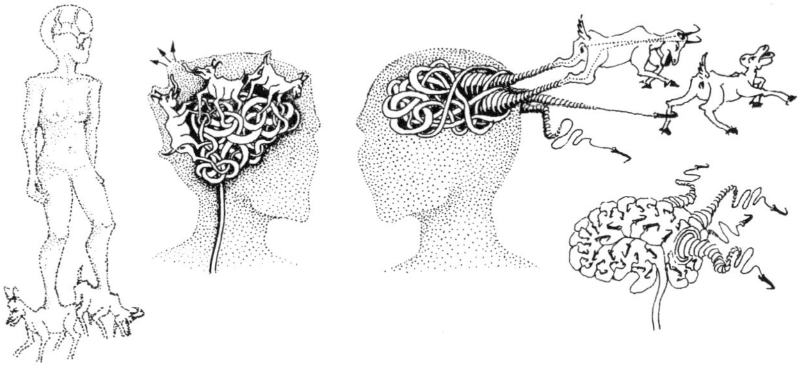

Erlebnis will sich nicht von seiner physischen Präsenz lösen, kämpft um gegenwart, verliert. Ausgefädelte Hörner werden zum Erinnerungskern.

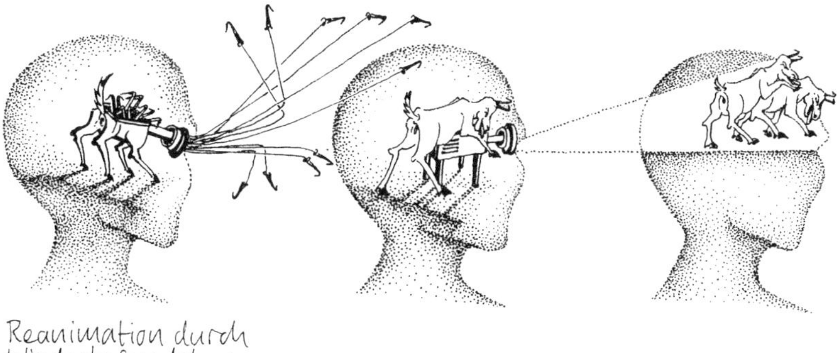

Reanimation durch Wiederbefeuchtung an der Unmittelbarkeit; prägnante Verbindung, Assoziationssprünge.

Sehvorgang

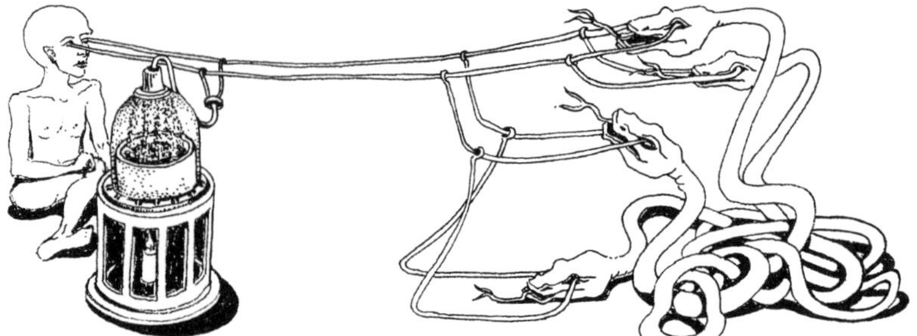

Augen sind die einzige permanent feuchte Stelle an der Körperoberfläche. Solange wir sehen wollen müssen wir sie netzen.

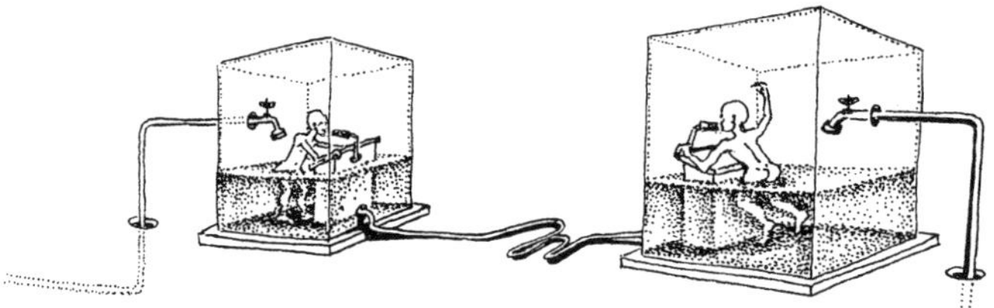

Ihre Augen sind vergleichbar feucht; die Ausnahmezustände des Pegelanstiegs sind unterschiedlich motiviert.

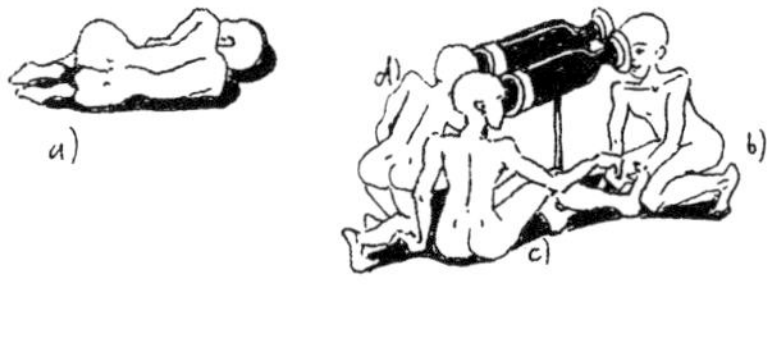

Schliessungsursachen:

a) zu müde
b) zu nahe
c) zu heftig
d) zu langweilig

Wenn die Augen geschlossen sind, so schauen sie unter dem Deckel dennoch weiter.

Manchmal wählt der Blick das Gesehene. Manchmal wählt das Sichtbare den Blick.

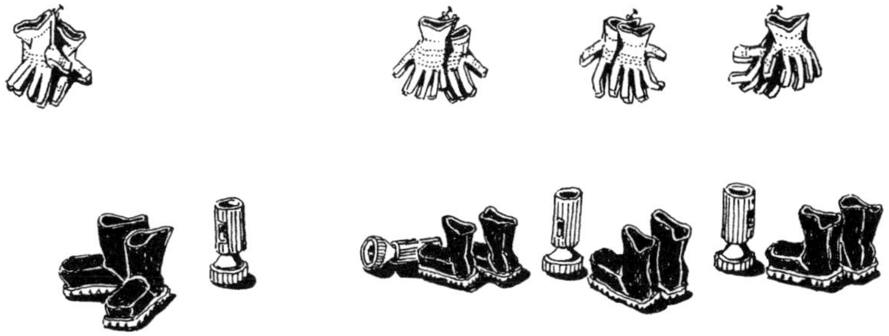

Wie weit ist es hinter den Augen hell?

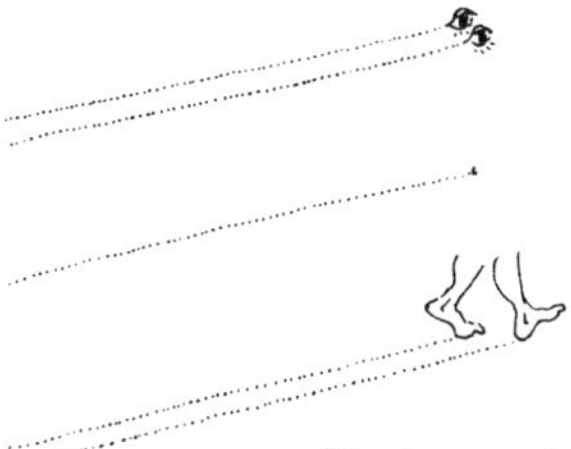

Ich trage den Blick meist gleich weit ab Boden.

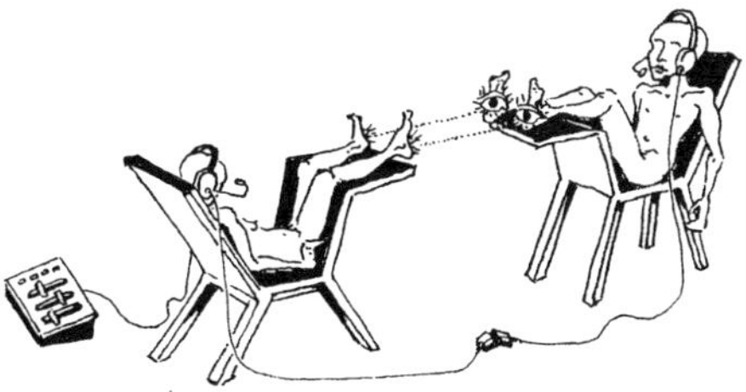

Wenn die Augen an einem anderen Ort platziert wären,

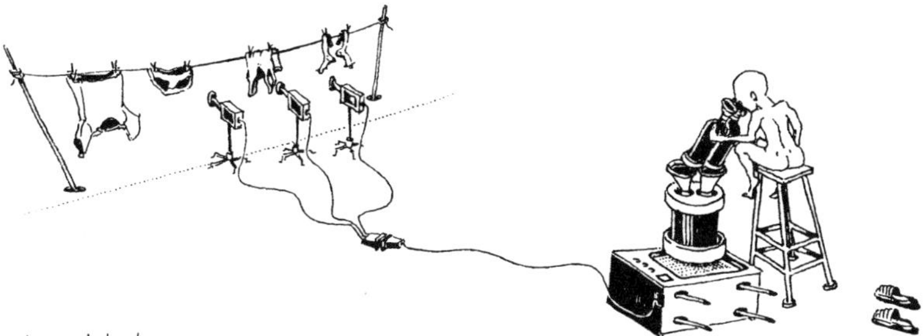

Rehabilitationsschleife wesentlicher Referenzgrössen.

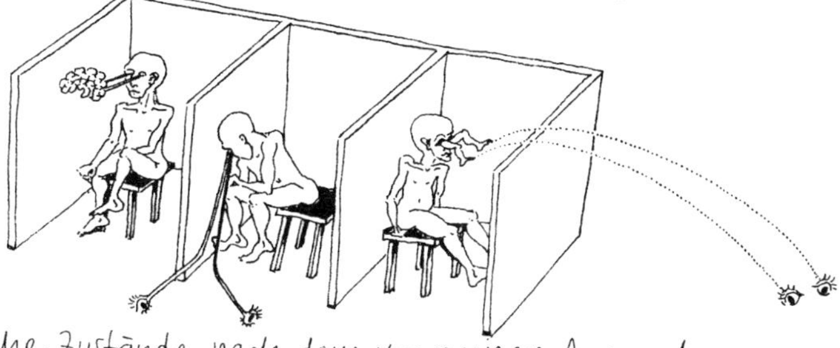

kritische Zustände nach dem verwegenen Anspruch den Reaktionsradius mit dem Blickradius zu koppeln.

Deren Situierung im Körper

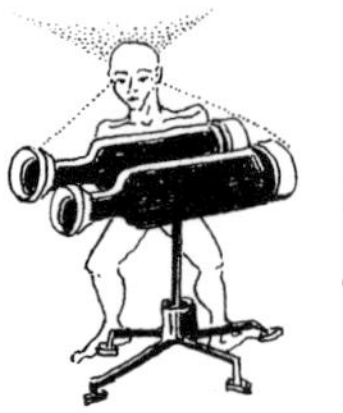

potenzielle Ferne betrachten.

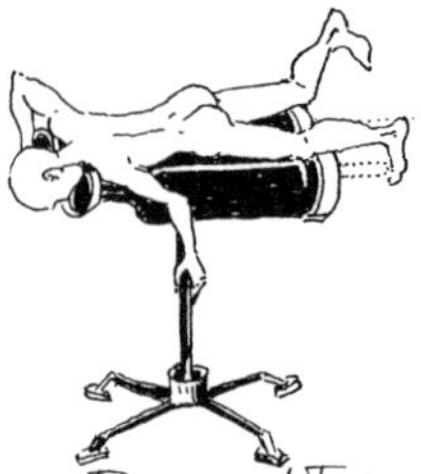

Fuss und Ferne gleichzeitig betrachten.

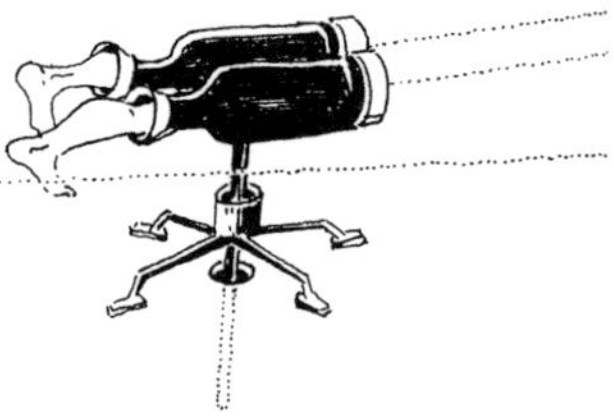

Blickfernverkehrt.

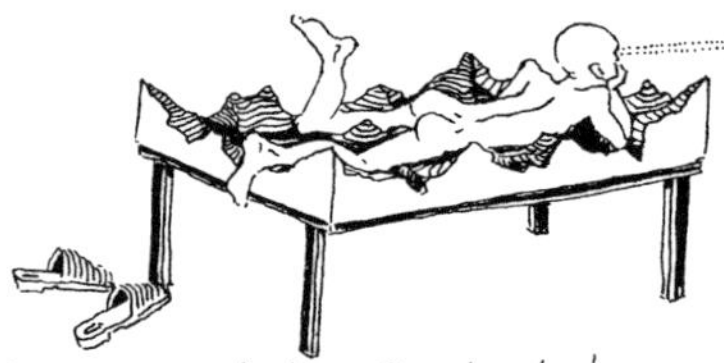

lagern auf den Zentralalpen:
a) im alpinen Museum

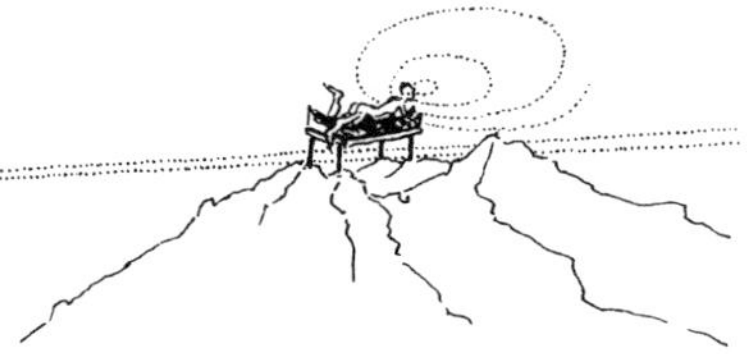

b) in den Zentralalpen selbst.

Enge Lagerung und multiglobale Lagerung vergleichen wollen.

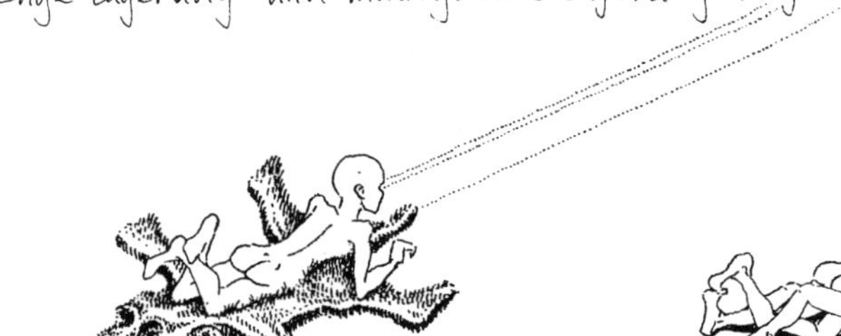

liegen und erlegensein:
Weitblick in Schwanzrichtung.

Doppeltliegen.

Vom Einfluss physischer Lagerung auf den Blickverlauf

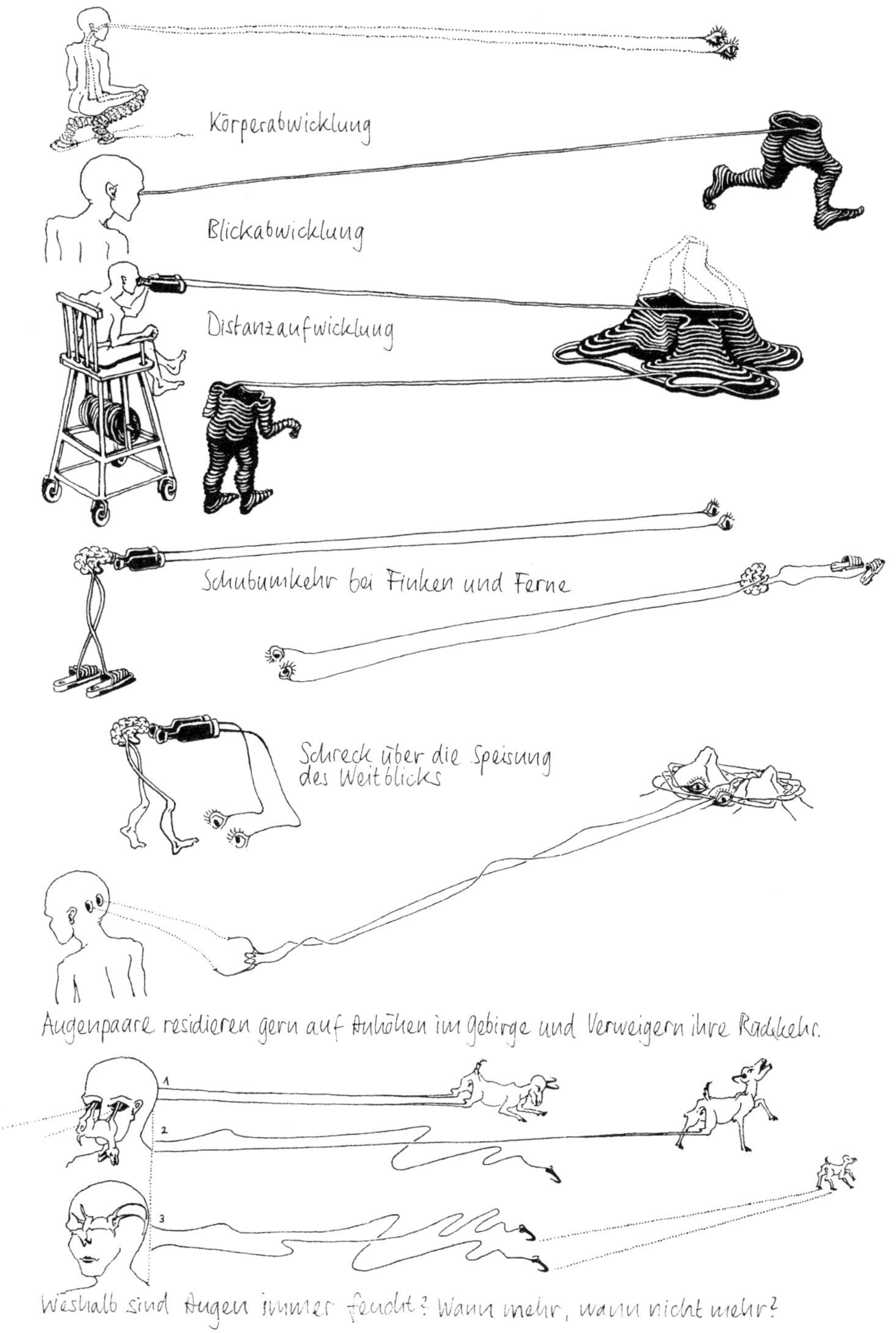

Blickfernverkehr

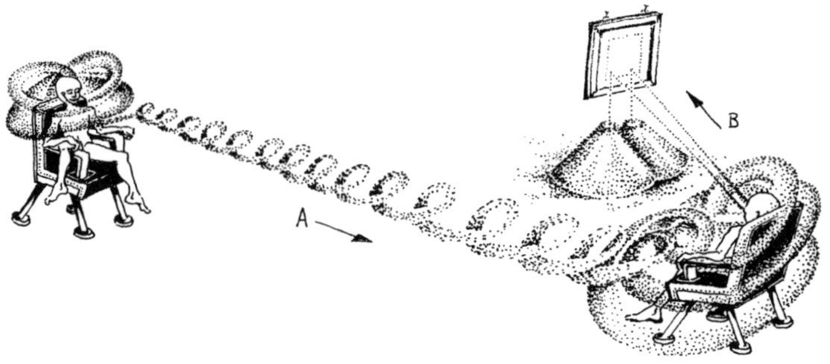

A Blickskulptur:
optische Präsenz = Aufmerksamkeit.

B Blickdeponie:
optische Präsenz ≠ Aufmerksamkeit.

Blickskulpturenlager in Untersuchung
hinsichtlich Entwurfsaktivität.

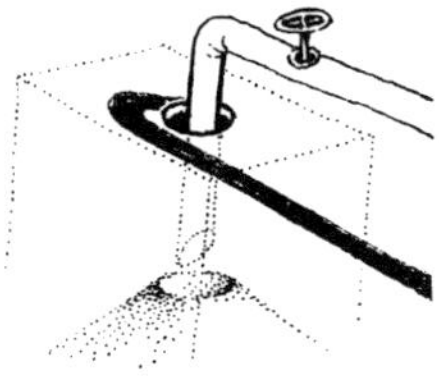

Blickdeponie.

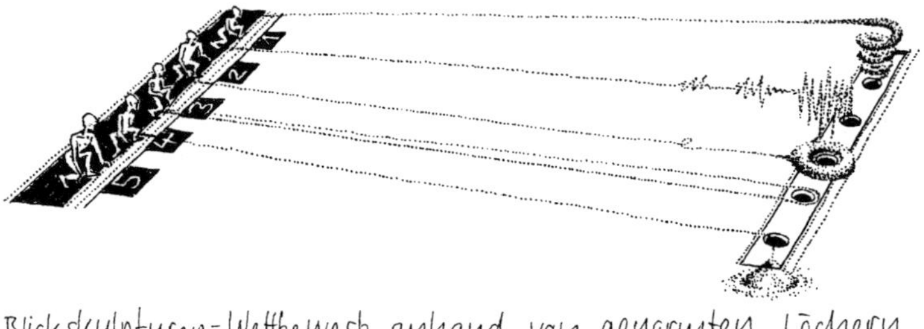

Blickskulpturen-Wettbewerb anhand von genormten Löchern.

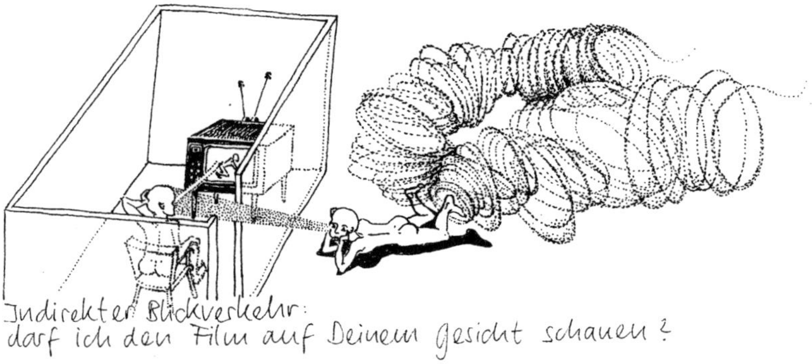

Indirekter Blickverkehr:
darf ich den Film auf Deinem Gesicht schauen?

Beobachtungsskulpturen und Blickdeponien

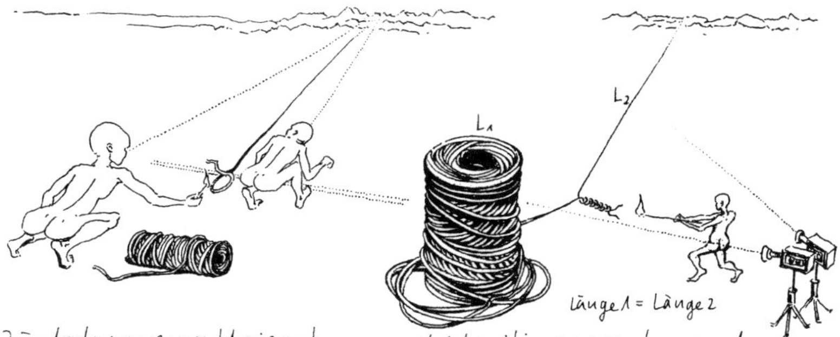

Zündschnur zum Horizont rennend verfolgen; vergleichen

gleichzeitig anzünden und etwas über den Blick erfahren.

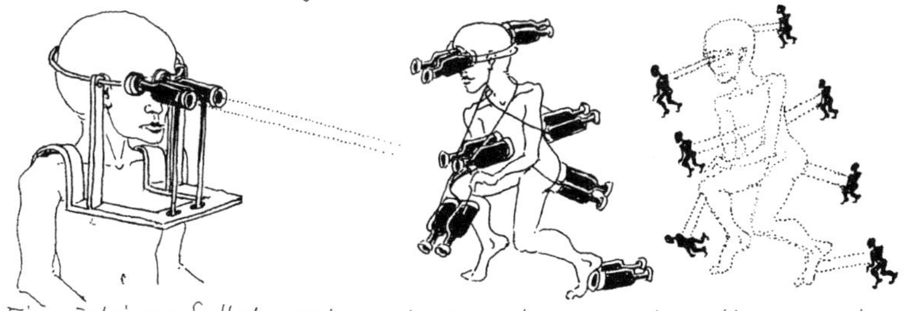

Einwöchiges Selbstexperiment: Fernglas anschnallen und den Einfluss auf mein Bedürfnis nach Zuwendung beobachten.

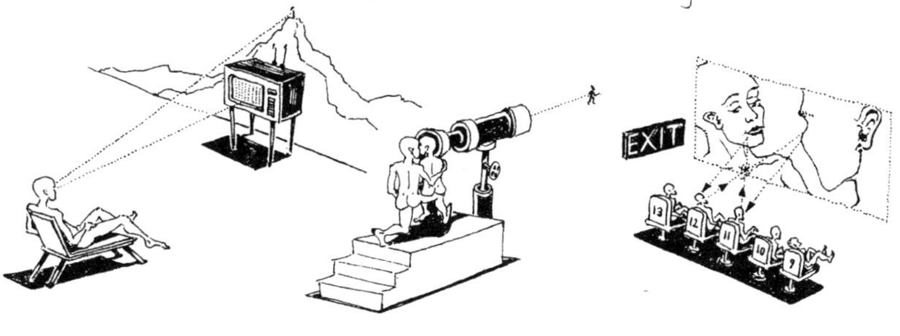

Das Verhältnis von Blickinteresse und Greifbarkeit.

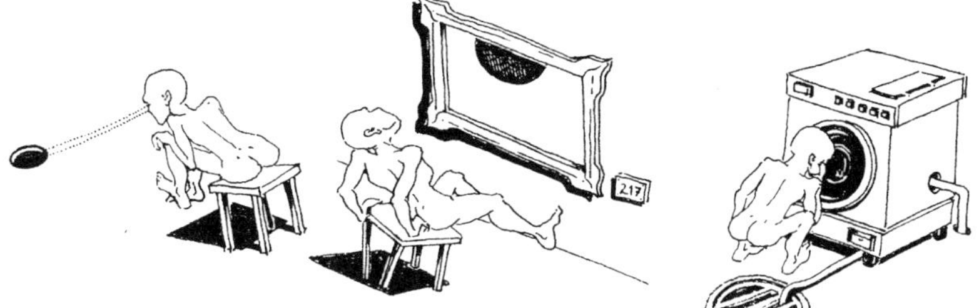

Blickwechselbad mit formaler Verwandtschaft:
1. Loch bewachen 2. couché du soleil 3. Schlendern.

Experimente zur Blickqualität

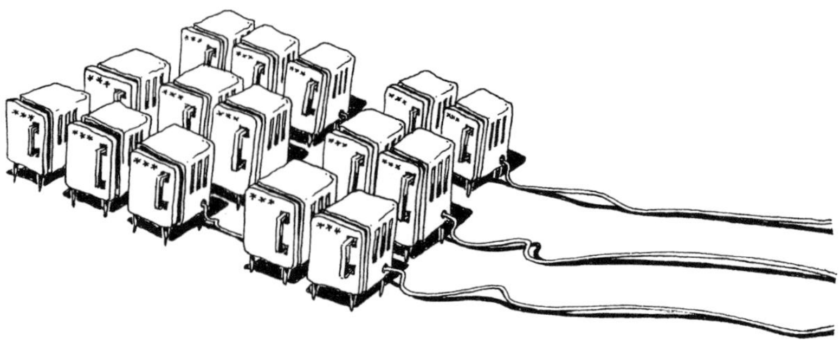

Augenzeugenberichte warten.

Projektionsverträglichkeit
und Assoziationsdichte eines Notsignalkoffers erproben.

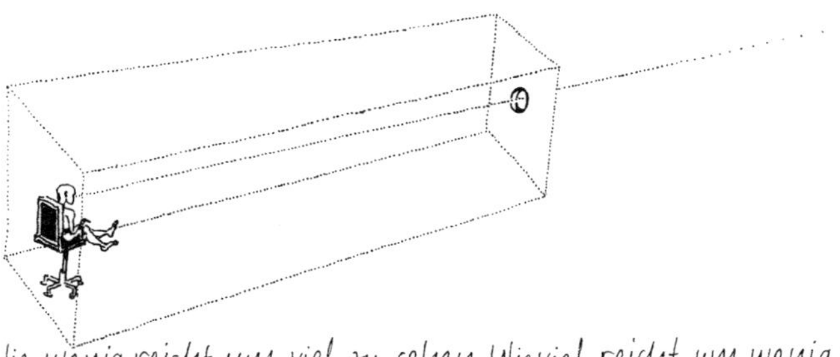

Wie wenig reicht um viel zu sehen. Wieviel reicht um wenig zu sehen.

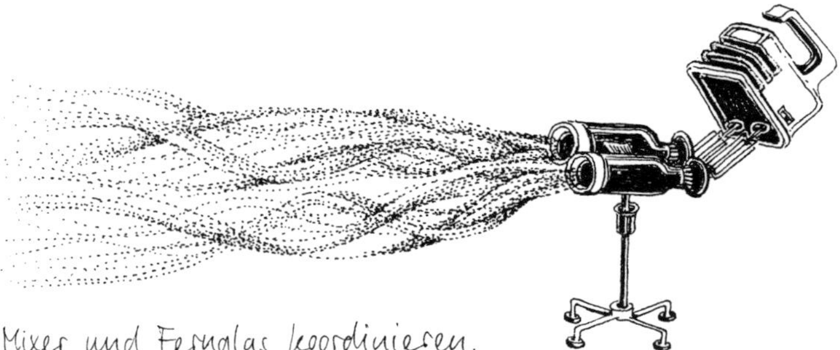

Mixer und Fernglas koordinieren.

Was ist das Extremste das Augen erleben können ohne zu schliessen?

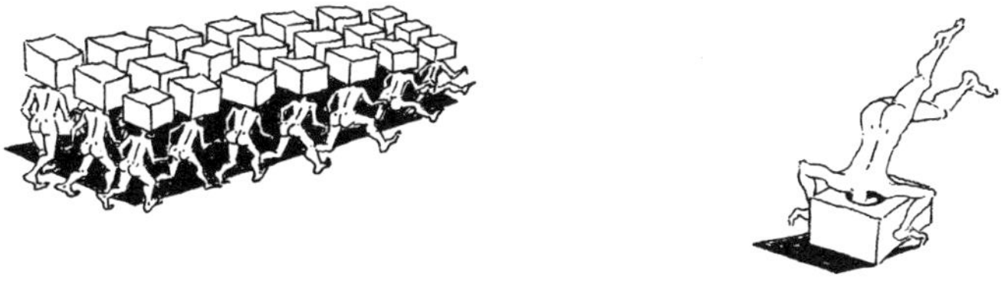

Und wohin geht das Nichtgesehene?
Wer sieht was jeweils nicht?

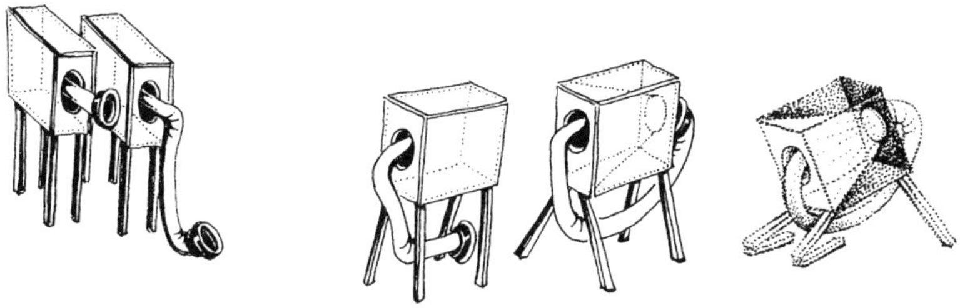

Woher kommt das Licht in den Vorstellungen?

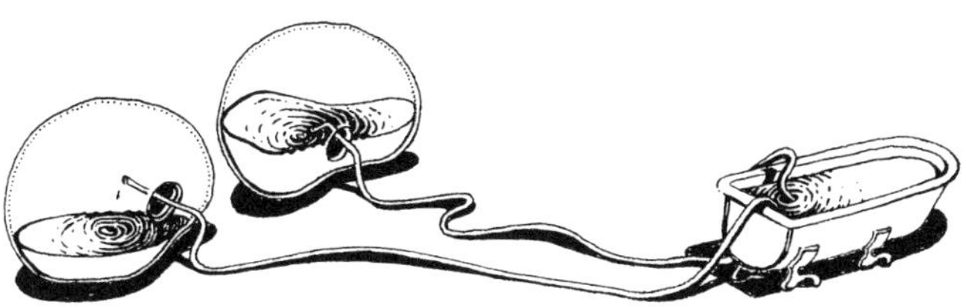

Jede Träne ist zuvor einmal getrunken worden.

Bernhard Horwatitsch, München. Veröffentlichungen von Artikeln, Kurzgeschichten, Gedichten und Rezensionen in verschiedenen Literaturzeitschriften.

Bernhard Horwatitsch

Currywurst

Träge, wie unbrauchbare, alte Darmzotten hängen die Wolken in der Luft. Nebel ist keiner zu sehen, obwohl man das meinen könnte, wenn man aus dem Fenster sieht.

Ich habe mir einen Kaffee geleistet und bereue es schon wieder. Laut muss ich furzen. Herrgott, denke ich, warum geht das nicht leise.

«Robert», höre ich Ingrids Stimme, spüre, dass sich Luft durch meinen Darm wälzt, Luft die gefährlich nahe ans Darmende kommt, und schon ist es passiert. «Ja», sage ich, werde aber von meinem eigenen Furz übertönt. «Robert», höre ich erneut Ingrid, die mein «Ja» wohl nicht gehört hat. «Ja», schreie ich gereizt, aus Angst und Wut dauernd überhört zu werden.

Ingrid kommt ins Wohnzimmer. «Schrei doch nicht so», sagt sie. Ihre Stimme hat in den letzten Jahren einen vorwurfsvollen Ton bekommen. In den letzten Jahren, denke ich, ja, was für Jahre. Unjahre waren das, Unjahre, die mitten hinein platzten in meine große Hoffnungszeit.

Die Firma hatte ich aus den roten Zahlen getrieben und aus meiner ersten Idee, mobile Currywurst-Buden durch München fahren zu lassen, war längst ein hübscher Fuhrpark geworden. Mit bunten Autos fuhren wir, wir das sind Andreas, mein Geschäftspartner, und ich, durch Bayerns Hauptstadt und verkauften Currywurst mit grünem Ketschup. Hauptsache bunt, war die Devise, denn dieses Designer-Begräbnis-Schwarz, in das sich die Münchner kleideten, regte mich maßlos auf. Natürlich aß ich auch immer wieder Currywurst mit grünem Ketschup. Ich rauchte wie ein Schlot, und wenn wir um sieben unsere Tour beendet hatten, fielen wir gemeinsam über den Bierdosenvorrat her. Wir hatten ja mit der Brauerei einen Vertrag über hundert Liter wöchentlich abgeschlossen. «Das Minimum», hatte mir der Brauereityp entgegengerülpst. Also soffen wir dieses Minimum allabendlich in uns rein, weil in München Dosenbier nicht läuft und wir nicht alles herschenken wollten.

«Hast du deine Kapseln genommen?» Ich höre in ihrer Stimme diesen Vorwurf. Kann ich denn etwas dafür? Aber das frage ich besser nicht laut. Ingrid ist mir überlegen. Ich weiß, die Krankenschwester spielt sie nicht gerne, und ich glaube, sie wünscht, dass ich tot wäre. Aber das tue ich schon selber. Ich habe einen Dauerdruck auf dem Magen, einen dumpfen Schmerz, von dem ich weiß, dass er mich erst mit meinem Tod verlassen wird. Lächerlich. Ich habe keinen Magen mehr. Aber daran kann und will ich mich nicht gewöhnen. Da, wo mein Magen einmal war, spüre ich noch immer die kräftige Hand des Chirurgen. Ich stelle mir vor, wie seine Latexhand in meine Bauchhöhle greift und die Magenblase herausfischt. Ich kann dieses glitschige Geräusch, das unter meinem Gekröse entsteht, geradezu hören.

Ich sehe das Gesicht des Chirurgen vor mir, seine Knubbelnase, seine grotesk große Brille und das verwelkte Farngestrüpp seiner Brauen, die über den schwarzen Brillenrand wuchern. Er wird sich an mein Gesicht nicht erinnern. Vielleicht an meine Bauchnarbe, wie an tausend andere Bauchnarben, die er gesehen hat. Er sprach immer mit Ingrid, weil Ingrid alles managte, die OP, die anschließenden Bestrahlungen, die einzelnen Transporte, die Verhandlungen mit der Krankenkasse. Sie füllte den Anästhesiebogen aus. Ich unterschrieb ihn mit zittriger Hand. Ich bestand nur aus Bauch und Krebs.

«Du musst sie regelmäßig nehmen und die Uhrzeiten einhalten, das weißt du doch, sonst hast du wieder dein Dumping.» Ja ja, mein Dumping. Ingrid hat sich diesen verfluchten Fachjargon angewöhnt, mein Bauch ist in ihren Augen ein Abdomen, und ich solle froh sein, dass es kein Whipple geworden ist, schließlich sei ich Typ II. Dann betrachtet sie mein Abdomen, während sie die Plastiktüte dort wechselt, betrachtet meinen Bauch, als sei er ein schwer erziehbares Haustier.

Ich fühle unter meinem Hemd den Plastikbeutel. Ich stoße auf und sage etwas zu Ingrid. Aber ich kann mir längst nicht mehr merken, was ich sage, will es mir nicht mehr merken, weil es gottverdammter Stuss ist, und weil es egal ist. Sie hört es nicht. Ich soll meine Kapseln nehmen gegen mein Dumping und sonst die Schnauze halten. Wohl die gerechte Strafe für jemanden, der sich selbst so gerne reden hörte wie mich.

«Alles abgesägt», sage ich in Richtung Fenster, wo die gestutzten Bäume den Blick zum Nachbarn freigeben. Ingrids Hand stellt ein Glas Wasser auf den Tisch und legt zwei Kapseln dazu. Ich nehme die Kapseln, grün-weiße, ovale Anti-Dumping-Geschosse. Das Grün erinnert mich an unsere fahrenden Currywurst-Buden und natürlich an Andreas, dem mittlerweile alles gehört, was einmal mir gehörte. Dieses rotgesichtige Schwein hat mich auch noch regelmäßig im Krankenhaus besucht, mich weichgekocht. Und wie ich mich darüber freute, weichgekocht zu werden. Ich war süchtig nach seinen Besuchen. «Wie läuft der Laden?», konnte ich ihn fragen, «was macht das Dosenbier?» Und ich bekam zur Antwort: «Ohne dich, Robert, läufts einfach nicht so. Wer soll den zweiten Wagen fahren?» Ja, das tat mir gut. Wenn Andreas kam, einen Strauß Blumen für mich, einen für Ingrid, strahlte ich wie ein Kind. Was hatten wir nicht alles zusammen auf Tour erlebt! Seine Besuche bedeuteten ein Stück reale Welt, die mich aus dieser stinkenden, aseptischen Krankenhausluft in die gesunde und glückliche Friteusenölluft unserer Currywelt entführte. Dankbar war ich und ließ mich einlullen von diesem Menschen. In zwei Monaten hatte er Ingrid so weit, und sie verkaufte ihm die Rechte für ein gottverdammtes Butterbrot. Ich unterschrieb, weil ich einfach alles unterschrieb.

Die Kapseln schimmern in meiner Hand. Anti-Dumping-Scheiße, denke ich und schleudere sie zu Boden.

«Robert», höre ich Ingrids Stimme. Vorwurfsvoller gehts nicht. «Na komm schon», sagt sie jetzt mitleidsvoller, weil sie meine Tränen in den Augen sieht. Aber du täuschst dich, liebe Ingrid, ich trauere nicht, und ich bin auch noch lange nicht tot. Das sind keine Trauertränen, das sind Tränen der Wut. Ich habe mich verstümmeln lassen, bin vermetzgert worden, aufgekauft, verramscht und jetzt werde ich zu Tode gepflegt. Ich furze, laut, weil es leise nicht mehr geht.

«Siehst du», höre ich Ingrid, sie legt mir die Kapseln wieder auf den Tisch. «Nimm schon», höre ich sie, und ich nehme sie. Sie ist mir überlegen, und die Aufregung hat Luft in mir produziert, die vorne und hinten raus will. Ganz hinten raus kommt die Luft nicht mehr. Sie entweicht laut pfeifend in den Plastikbeutel, der unter meinem Hemd klebt. Und warm fühle ich etwas nachlaufen: Scheiße.

«Ich stell dir den Dispenser in die Küche, denk dran ja, genau 12 Uhr.» Ingrid gibt mir einen flüchtigen Kuss auf die Wange. Ihre Lippen sind trocken, und ich habe das Gefühl, ein Kieselstein hat meine Wange gestreift. Hau doch ab, denke ich, geh doch zum Teufel. Aber ich brauche sie, komme ohne sie nicht aus.

Seit einem Jahr ist sie nun selbst auf Tour. Und das macht mich wahnsinnig, so wahnsinnig, wenn sie abends heimkommt und nach altem Friteusenöl riecht und «schönen Gruß von Andreas» sagt. Sie treffen sich. Ungeniert, regelmäßig. Vermetzgert, verramscht und gehörnt. «Warum kommt er nicht mal vorbei?», frage ich. Keine Antwort. Klar. Wäre auch zu peinlich, vor meinen Augen rumzuknutschen, während ich meine Fürze nicht unterdrücken kann.

Die Tür fliegt ins Schloss. Ich bin alleine, die Katze des Nachbarn schleicht übers Dach, wie elegant, denke ich, wie arrogant, denke ich auch. Ich fasse mit den Händen um die Räder und rolle mich in die Küche. Acht Stunden liegen vor mir, und was werde ich tun? «Lies doch mal ein schönes Buch», höre ich ihre Stimme in mir. Wozu? Du hast ja deinen Andreas, brauchst kein «schönes Buch» lesen, du gehst auf Tour, atmest Currywurstduft und Friteusenöl. Ich sitze in der Küche und starre auf den Hof, wo alle zwei Stunden mal ein Mensch auftaucht, sich ein Fahrrad nimmt und davonradelt, lässig, so als wolle er mir sagen: «Schau her du Krüppel, so geht das.» In 0,1 Prozent der Fälle kann es postoperativ zu Ausfällen einzelner Nervenfunktionen kommen, die sich meist reversibel zeigen. Und ausgerechnet ich bin so ein Fall. Aber nicht reversibel. Nichts mehr. Für den Rest meines Lebens schlaffe Beine.

Ich rolle zurück ins Wohnzimmer. Die Katze ist verschwunden, nur noch das rote Giebeldach und der verdammte Himmel. Ich habe nicht die Kraft, mich umzubringen. Ich starre auf das Glas Wasser, während sich wieder ein Furz löst und warm Scheiße nachläuft. Eine Hoffnung habe ich noch: dass diese verdammten Currywürste meine Frau umbringen werden, dass auch dieser Mensch Andreas an ihnen erstickt. Ich nehme das Glas in die Hand, halte es vor meine Augen, sehe hindurch, furze und schleudere es auf den Boden.

Das mache ich oft. Ingrid kehrt die Scherben stumm zusammen, mit Vorwurfsblicken, Blicken, die ich nicht mehr ertrage.

Annika Senger, *1979; studiert Anglistik, Romanistik und Wirtschaftswissenschaften. Veröffentlichte 2001 die Tragikomödie «Ganymed», Pausus Theaterverlag.

Annika Senger

Kindheit

Fleischloser Knochenmann
Tanzend auf Asche
Trotzleder schützt seine Seele
Brennender Kindheits-Turm
Axt in der Wiege
Blendend im Rückspiegel
Blickleerer Höhlen

hochzeitsmarsch

krähenarmeen singen den letzten
hochzeitsmarsch
schattenreiter auf dem rücken der
braut
melodiefetzen verwehen
ihren schleier aus nebelgranit
mit salz in den schuhen trabt
sie ins moor
aus braunen wogen spritzen
alte tränen
und krallen sich in ihr
bein
peitschenschläge läuten
zum gottesdienst
dunstmaske auf dem
gesicht des geliebten
schwarzes fieber schreit nach
vereinigung
hochzeitsnacht im
luftleeren schlund

der schläferin nachtigall

der einsamen schläferin
nachtigall pickt des bitterbrots
süße kruste
notenkrümel fallen zu boden
am luftgitter
schnarchende stille vergräbt
ihre lieder
schwarz ist die mauer aus
schweigenden winden
weiß der tobenden arien keule
im himmel aus asche singt sie
von sternen die nachtblau
im auge der schläferin wachen
heimlich wird sich ihr schatten
vergolden und rot eine sonne
das dunkel morden

die marionette

zerschnitten die fäden der
marionette
des himmel spielers messer im
arm
mit bröckelndem asphalt vereinte
beine zersplitterte
holzknochen schmücken beton
gespalten der schädel des
lachenden narren
sein blut aus späne tüncht das
grau

Bernhard Bachmann, *1962; lebt und arbeitet in Basel, schreibt Gedichte und Kurzprosa. Publikationen in verschiedenen Literaturzeitschriften.

Bernhard Bachmann

Zweiter Brandsatz

Die wandernden Umschlagplätze
der Sonne; Thermik
zwischen Morgen und Abend
immerzu wird entladen
heben Stromstöße die Luft
um Meter an und es
steigt, was an Wärme
vorhanden ist, hängt elektrifiziert
und hochgespannt;
der ganze importierte Sommer
vollstreckt sich; sticht mit
Sonnenlicht, mit spitzen, nadellangen
Strahlen auf uns ein;
feuerfeste Hand die mit dem Feuer spielt
Grashalme bespitzelt und letzte
Schattenplätze belagert
Zwischen Abend

und Morgen dehnen sich
die Besitztümer des Sommers aus;
Brandzeichen die
auf den bräunlichen Rücken
sich krümmender Landschaften liegen

Vierter Brandsatz

Ein Lichtbild täglich ein Flimmertag
alles mal sieben hoch drei
Solarium mit bis
vierfach vergrößerter Sonne
lupenreines ultraviolettes Lichtspiel
überblendete Sommerserie;
Hetzjagd
Erhitzung keuchend
aus mehreren Projektoren
senkrechte Einstrahlung und
Wärme, Atmosphäre auslotend
und lodernde Sonntage abwerfend
das Senkblei auf der Epidermis
angeschwemmter Fischbäuche
Toast mit eingebranntem
Palmblattmuster
Ozeanrauschen auf ewig im Ohr

Sonnenkollektoren
Stunden zählend, bis es
Abend wird aber nicht Nacht;
dunkel aber nicht ausreichend
finster, bis wir schläfrig aber nicht
müde genug sind; der Sommer
kein Aug mehr zutut
die feuchten Achselhöhlen
als Unterstand benutzt
kleben bleibt auf der Haut
und mit Stechmücken
unter einer Decke steckt

Freispruch

Wer lebt denn
ohne die Handschellen
der Zeit; wer hat es nicht
eilig den tickenden Zeitbomben
zuzuhören, wenn das Alter
ihm den Prozess macht

Wer liebt es schon
wenn Hunde bellen bellen
sie unpünktlich kaltschnäuzig
& gegen die Zeit; zerren an einer
Leine, die immer zu kurz ist
für ihren längeren Atem

Wer neidet ihnen nicht
das Glück, ihr Hundeherz in
Ruhe pendeln zu lassen, während
sie zusehen, wie ihnen die Zeit davon-
läuft und sie die lachenden Dritten
bleiben, Trittbrettfahrer, die uns
leichtfüßig hinterherlaufen
und nicht fragen, wohin

Wer möchte nicht
freihändig alle Wunder
dieser Welt passieren, in um-
gekehrter Reihenfolge dem Schick-
sal nachsehen aus sicherer Distanz Un-
gehorsam gegen den Uhrzeigersinn
sein und das Staunen immer das
Staunen von früher für sich
zurückgewinnen

Manfred Ach, *1946; lebt in München und Wien. Veröffentliche diverse Lyrik- und Prosa-Bände in der Kleinverlegerszene. Zahlreiche Beiträge in Zeitschriften und Anthologien. Aktuellste Publikation, «Das betretene Schweigen», Gedichte, Hagen Verlag, München 2001.

Manfred Ach

06.11.92

Als ich aus Michael Heiningers Ausstellung
«Keuschland Keuschland über alles» kam,
die unsere Flaggenfarben erotisierte,
völlig entartet, versteht sich,
schlug einer meinen Schädel gegen die Wand,
dass ich, Heimat, deine Sterne sah,
und als ein «Lebensretter» mir dann
im Taxi noch mein Geld abzocken wollte,
da sah ich, lieb Vaterland magst unruhig sein,
wieder alles kristallklar.

Fallweise

Wir fallen
durch die Stille der Spiegel,
wir sind nicht wirklicher
als fallende Bilder,
gläserne Blätter einer Chronik,
die sich lösen und fügen
nach dem Gesetz der Blicke,
die sich in uns
sehen.

Wie gehabt

Das so genannte
allerletzte Glas,
mit dem du
den Rest des Tages
wegspülst
und nach dem
dein Tunnelblick
den Ausgang sucht,

ist wieder einmal
nur das vorletzte.
Vom Ausgang
weißt du nichts,
alles ist ungewiss
wie beim Eintritt
ins Leben, in das
neue alte.

Engel

Er fährt mit, den ganzen Tag.
Er verscheucht den Tod an der Kreuzung.
Er verhindert die Misshandlung in der U-Bahn.
Er nimmt dem Hass das Messer aus der Hand
und lenkt die Wut ins Wirtshaus.

Er schenkt der Verzweiflung eine Umarmung.
Er dreht die Spitze des Spötters um.

Er raubt der Schwermut das Gift.

Er gibt dir in peinlicher Stille das Wort.
Er bringt dich zum Berg, Ergebnis der Abgründe.

Manchmal, da muss er
Federn lassen, schweißverklebte,
tränennasse, blutbeschmierte.
Bewahr sie gut auf, vergiss sie nicht.
Er fährt mit, die ganze Nacht.

Marc Hieronimus, *1973; studierte Germanistik, Geschichte und Philosophie in Köln; lebte in Frankreich und arbeitet an einer Dissertation über die Spanische Grippe von 1918.

Marc Hieronimus

Biss auf die Knochen

Sehne mich nach ihr die
Band mich fest an sie die
Kreuz ihren Weg die
Knie vor ihr die's
Nicht leiden mag die's
Leiden nicht mag und
Angesichts und überhaupt
Hat sie gedacht nach vielem Hören, Sagen
Haut sie die Türe zu die
Schmetterlinge tot gerade
Trieb es sie noch im Bauch umher das
Knirschen geht durch Marc und Bein das
Einen Weg aussucht einen
Ausweg
Sucht

Die letzten Tage Regen

Regen
Föhn
Auf den schönen alten Küstenwegen
Die sich winden
Ziehn
Und strecken
Sehen wir hier und dort
Schnecken fliehn
Bald werden sie verschwinden
Wie wir
Bald sind wir fort

Der Regen
Treibt die Hänge ab
Haltlos
Alles
Felsen, Sand
Nichts bleibt
Unten frisst das Meer das Land
Die Zeit wird knapp

Mischgewebe

Ganz
Für dich
Allein
Sprichst du Stunden
Mit dem Wäscheschrank
Der alles aufnimmt
Nie etwas verlangt
Kleider
Schmeicheln deinem nackten Körper
Du spiegelst dich
Und schämst dich nicht
Aber draußen
Hüllst du dich
In ein schlecht geschnittenes Schweigen
Aus Mischgewebe
Offene Münder flimmern schwarz vor deinen Augen
Aus den alten quillt es säuerlich

Süßlich ungepflegt aus jungen
Du
Hältst deinen Mund und
Die Luft an
Im Traum
Im Tran
Bist du draußen unterwegs
Ausgedünnt
Und du weißt
Du bist nicht allein
Draußen
Schlagen Pfauen ihre Räder
Die Augen ein Schildschmuck
Ein Drohen, ein Spalier
Ein Laufsteg
Du hältst dich
Kerzensteif
Kein Platz für einen Ausfallschritt
Ein Artist
Ein Double
Die Ferienvertretung
Und es ist Ernstfall
Immer
Formen deine Lippen
Hinter vorgehaltener Hand
Rechtfertigungen
Für
Was du als Nächstes tust
Und deine Gedanken

Sind frei
Wie Freiwild
Freigang
Freitod
Denn
Draußen hagelt es
Erinnerungen
Gesichter aus Stein und
Ziegel aus fälligen Bauvorhaben
Mahnen zur Eile
Du
In deinem zu großen Kleid
Steckst viel zu tief drin
Verfängst dich

Kritik

Blicke auf Stadt und Land

(yi) Der Verlag Martin Wallimann hat zwei wunderschöne bibliophile «Bücher» herausgegeben, die man unbedingt verschenken sollte. Bücher in Anführungszeichen, weil die Bezeichnung gleichzeitig zu viel und zu wenig sagt. Experimente müsste man sie nennen – gelungene. Beide Experimente haben mit Orten, mit Städten, Landschaften und imaginierten wie realen Bildern davon zu tun. Das erste mit dem Titel «Orten» ist ein zum hochformatigen Leporello gefaltetes Plakat, das Fotos mit Gedichten kombiniert. Niklaus Lenherr hat sechzehn Ausschnitte aus Ansichtskarten ausgewählt und durch das Herauslösen aus dem Ganzen den touristischen Blick verfremdet. Das Illustrative tritt hinter die genaue Betrachtung des Details zurück. Angeregt durch diesen Blick haben Corinna Soria, Donhauser, Jan Koneffke und Raphael Urweider Gedichte geschrieben, die sich einerseits jeweils auf eines der wieder postkartengroß abgedruckten Bilder beziehen und den Blick darauf durch ihre individuellen Assoziationen vervielfachen. Andererseits werden die verschiedenen Fotoausschnitte durch sich wiederholende Motive in den Texten untereinander und den je individuellen Klang der Schreibenden verbunden. Wie Spuren ziehen sie durch die versammelte Textlandschaft, und es bleibt die Aufgabe der Lesenden, anhand dieser Eigenheiten herauszufinden, wer welches Gedicht geschrieben hat.

Die zweite Publikation ist ein Ringheft mit Papier- und Kartonblättern. Andrej Kurkow, bekannt als Erzähler von Kiewer Krimis, schreibt in «Keine Angst vor der Dunkelheit» eine romantische Liebesgeschichte der Benachteiligten in der Stadt Kiew, die sich vor dem obrigkeitlichen Zugriff in die Unterwelt der städtischen Kanalisation flüchten. Sie schaffen sich ein Fantasiereich mit seinen eigenen, zwar harten Bedingungen, aber auch mit neuen und am Tageslicht unbekannten Möglichkeiten. Die Begegnungen im Dunkeln sind zarter. Vorsichtig müssen die Figuren auf den Klang der Stimmen hören, um ihr Gegenüber einzuschätzen. Sie nehmen sich bei den Händen, um zu einem Schachtdeckel zu finden, den sie dann anheben, damit sie sich mal kurz sehen können. Hugo Schärs auf Karton aufgezogene Fotos von Schachtdeckeln der Kiewer Kanalisation erzählen eine eigene Geschichte der Stadt. Wie Barrieren liegen sie zwischen den Textblättern der Erzählung, deren Geschichte diese Grenzen jedoch so leichtfüßig überwindet wie die Protagonistin die Widrigkeiten des Lebens im Dunkeln der Unterwelt. Text und Bild ergänzen sich in diesem Band auf ideale Weise und repräsentieren gleichzeitig die Leichtigkeit und Schwere eines Lebens am Rande der Gesellschaft und in der Fantasie.

Soria u.a.: Orten. Verlag Wallimann, 2001. Siebdruckbogen mit Leporellofalzung. CHF 29.-.

Kurkow/Schaer: Keine Angst vor der Dunkelheit. Verlag Wallimann, 2001. Offset- und Siebdruck, mit Drahtspirale gebunden. CHF 60.-.

Atmosphärische Bilder

(sta) Im Erstlingsbuch des jungen Autors Michael Beisswenger «Totensommer» findet sich in einem kleinformatigen Band ein Nebeneinander an Kurz- und Kürzestgeschichten. Beisswenger probiert Geschichten aus, die er losschickt und immer wieder auf Abwege führt. In der Erzählung «die Kiste» dient eine auf offener Straße liegen gebliebene Kiste als Ausgangspunkt. Der Gegenstand wird von zwei Vorbeigehenden bemerkt. Sie unterbrechen ihr Gespräch und kommen auf den Behälter zu sprechen. Bald darauf taucht ein älterer Mann auf und gesellt sich zu ihnen. Zwischen dem Mann und dem einen Jungen setzt ein Streitgespräch ein, bei dem sie sich argumentativ und rhetorisch auszutricksen versuchen. Schließlich steigt der Junge gar in die Kiste, weil er gewettet hat, diese sei innen gepolstert.

Beisswenger, der bisher mehrheitlich Gedichte und kurze Prosastücke in Zeitschriften und Anthologien veröffentlichte, gelingt es immer wieder, über die Handlung hinausreichende Räume zu entwerfen. «All unsere Erklärungen sind größtenteils aus der

Luft gegriffen, auch wenn es vielleicht Anhaltspunkte für sie geben mag», bemerkt Sergej. Die Kiste steht längst für etwas anderes. Der Autor schafft Momentaufnahmen, die sich zu atmosphärischen Bildern verdichten.

Die Erzählung «das Haus» berichtet von der Begegnung zweier Arbeiter. Ein junger Ausländer und ein älterer Fahrer haben von der Konzernleitung den Auftrag erhalten, abseits in den Sümpfen die Schließung einer veralteten Anlage zu überwachen. Auf der Fahrt kommt es zu kurzen Wortwechseln. Beim Wasserloch angekommen, beginnt für den Jungen die Hauptarbeit. Während er die Schläuche montiert, um die Flüssigkeit abzusaugen, schlendert der Fahrer ums alte verfallene Haus. Er stolpert und macht plötzlich in den Mauerresten etwas Schreckliches aus. Das Unerklärbare verschwindet sogleich wieder, indem er sich einredet, es handle sich um ein ganz gewöhnliches Haus.

Den Figuren in den Geschichten haftet etwas Zeitloses an: Der Scharfrichter, der dem Vater bei einer Tasse Kaffee den Tod mitzuteilen hat. Der zurückhaltende Clown, der sich unglücklich in die vom Hochseil stürzende Trapezkünstlerin verliebt. Der Gesandte und der Rittmeister, die sich bei einer Unterhaltung in die Quere kommen.

Manchmal fehlt es der Prosa an Schärfe. Der Ich-Erzähler kann oft nicht glaubhaft erklären, warum ihm gerade diese und nicht eine andere Beobachtung wichtig und erzählenswert erscheint. Trotzdem darf man auf Beisswengers weiteres Schaffen gespannt sein.

Michael Beisswenger. Totensommer. 120 Seiten, Edition Noema. Stuttgart 2001. ISBN 3-89821-120-7. Euro 15.29.

Im Ungleichschritt marsch!

(sch) Im täglichen Kleinkrieg des real existierenden Sozialismus kämpft der Ich-Erzähler mit überbordender Fantasie und Witz gegen den grauen Alltag. Er setzt von Kindesbeinen an auf Geschichten anstelle von Helden, auf Charme anstelle von platter Wahrheit.

Schon auf den ersten Seiten macht Wladimir Kaminer dem Leser klar, dass sich das Leben deutlich interessanter gestalten lässt, wenn der Fantasie freien Lauf gelassen wird. Und so entwickelt er in amüsanten Skizzen das Leben eines Jugendlichen in der Sowjetunion in Zeiten des Umbruchs, der zusammen mit seinen Kumpels der doch eher tristen Realität immer wieder neue, spannende Facetten abgewinnen kann.

Ob sie illegale Rockkonzerte auf die Beine stellen und damit viel Geld verdienen, im Praktikum als Parkwächter kulturelle Events

organisieren oder drei Monate in einem wilden Zeltlager mit Hippies, Drogenabhängigen und religiösen Fanatikern verbringen, immer stehen sie mit einem Bein im Gefängnis und genießen doch das Leben in vollen Zügen. Dass dazu auch Unmengen von Vodka gehören, sei hier nur nebenbei erwähnt.

Erst die unvermeidliche Einberufung ins Militär scheint dem frohen Treiben ein jähes und unangenehmes Ende zu setzen. Doch auch hier gewinnt schließlich die Fantasie und der Witz des Erzählers, und die zwei Jahre Dienst stellen sich eher als eine Art Abenteuerlager dar, dessen Höhe- und Wendepunkt in der Landung von Matthias Rust in Moskau besteht.

Das alles liest sich locker und süffig, und wie schon in «Russendisko» erliegt man auch im ersten Roman Wladimir Kaminers dem Charme des Schelmischen, das in allen geschilderten Episoden durchscheint. Aber was in den Momentaufnahmen des Erzählbandes hervorragend funktioniert, trägt keinen ganzen Roman. Es fehlt das Zwingende, das einen motiviert, bis zum Ende zu lesen. Wohl schmunzelt man, wenn es den jugendlichen Lebenskünstlern wieder mal gelingt, dem System ein Schnippchen zu schlagen, aber nichts ist fassbar, keine Kritik, kein Schicksal, keine Entwicklung, und alles bleibt fast bis zur Unkenntlichkeit unverbindlich.

Das Erzähltalent Kaminers ist unbestritten, aber was er hier bringt, sind Geschichten und keine Geschichte. Und so warten wir weiter gespannt auf seinen ersten «echten» Roman.

Wladimir Kaminer: Militärmusik. Roman. Manhatten-Verlag München, 2001. ISBN: 3-442-54532-3. Euro 18.-.

Aus Übersee

Die Frau wagt viel. Vielleicht gar das eigene Leben, mit dem sie zunächst zum Preis des Vergessens davongekommen ist. «Vorfall» nennt sie den Verzweiflungsakt, mit dem sie der Einsamkeit und Abweisung in Kindheit und Partnerschaft ein Ende setzen wollte und den sie nun aus ihrem Gedächtnis gelöscht hat. Dem misslungenen Suizidversuch folgte die psychiatrische Internierung. Nach ihrer Entlassung nimmt Dora Blum das Angebot einer Freundin an, nach Amerika in ihre Nähe zu ziehen. Als Patientin zur erfolgreichen Kunstmalerin geworden, erhält sie hier eine Stelle an einem Art Institute und unterrichtet Jugendliche. «Übersee», das ist ein mächtiges Zauberwort aus alten Kindertagen, da sie mit dem Schulfreund Franz im Baumhaus saß und sich hinausträumte aus der lieblosen Welt des Elternhauses, weg von der Mutter, die dem behinderten Bruder den Vorzug gab wie der Vater den Schmetterlingen, weg auch von ihm. Mit Franz zusammen füllt sie die weißen Stellen auf der Karte des andern Kontinents mit Farben und Geschichten. Aus diesem imaginären Übersee ist jetzt unversehens ein Stück pragmatische Realität geworden. Bald einmal erhält sie vom viel gereisten Franz eine Postkarte mit der Aufforderung, ihm die Gründe für ihren Wegzug zu erklären. Das hieße nun für Dora, die weißen Flecken auf der Karte der eigenen Seelenlandschaft auszuforschen. Zumalen und zuschütten würde sie sie am liebsten. Sie ringt sich zum Entschluss durch, Franz in einem Bericht Rechenschaft abzulegen über das Geschehene. Aber damit nicht nur ihm, sondern auch sich selbst. Nur: Wer ist sie selbst? Ist ihr traumatisiertes

«Selbst» nicht nur ein Rumpf-Ich, fragmentarisch und fragil, abgetrennt von einem entscheidenden Stück eigener Geschichte? Würde es die Konfrontation mit der Wiederkehr des Verdrängten bestehen können? Das ist riskant, und darin liegt das existenzielle Wagnis: im Vollzug des Berichts, sich erinnernd und erzählend zu sich selber oder sich selbst erst ganz abhanden kommen, im Wiedergewinn der Vergangenheit Identität gewinnen oder sie vielleicht ganz einstürzen zu sehen.

Der Bericht, den Eleonore Frey ihre Protagonistin nun niederschreiben lässt, ist ergreifend durch die schrittweise, nuancierte Rekonstruktion ihrer Kindheit und Ehe, die - durchsetzt von spärlichen Momenten des Glücks - geprägt ist von familiärer Gefühlskälte und Missachtung, von Sprachlosigkeit und Verlogenheit, von partnerschaftlicher Verweigerung und Ausgrenzung. Sie findet dafür eine Sprache, die lyrisch ist im Ausdruck, klangvoll und rhythmisch durchgeformt. Unpathetisch und subtil erzählt sie in starken, nie drastischen Bildern von hoher Assoziationskraft, Dynamik und Plastizität.

Wenn Dora Blum am Ende ihres Berichts angelangt ist, ist sie sich ihrer selbst noch nicht gewiss, aber gewonnen hat sie Entscheidungsfähigkeit und den Willen zum Aufbruch. Weg will sie, das ist klar. Wohin? «Nach Übersee. Wohin sonst?» «Übersee» ist «überall dort, wo ich nicht hinreichte» und erscheint damit endgültig als utopische Metapher für den letzten Ort der Einkehr zu sich selbst. Der Wunsch danach allerdings erhält am Leben. (Thomas Goetz)

Eleonore Frey: Aus Übersee. Ein Bericht. 167 S. Graz/Wien, Droschl 2001. Gebunden. CHF 34.-.

War was? - Schweizer 68er und ihre Nebenwirkungen

«Sag mir, wo die Linken sind, wo sind sie geblieben?» Die Spurensuche, auf die sich Isolde Schaad in ihrem - textsortenstreng betrachtet ersten - Roman «Keiner wars» begibt, enthüllt Bekanntes.

Madeleine Kündig, die «Tippse der Revolution», hat heute eine leitende Position im städtischen Fürsorgeamt, ist aktives Kieser-Mitglied und hat eine «so genannte Außenbeziehung», denn Edgar «will den Ehekomfort nicht aufgeben, den die Berufsgattin garantiert, dafür hat Madeleine durchaus Verständnis».

Oder da ist Gottfried Keller - die Ähnlichkeit mit einstmals lebenden Dichtern ist tatsächlich leider bloß zufällig und nicht mehr als Situationsgag -, dieser Göpf steht, als internationaler Berater im BAWI, dem Bundesamt für Außenwirtschaft, dem «brühwarmen

Kollektivbauch» von damals entwachsen, im Zenit seiner Laufbahn und träumt von seiner palästinensischen «Volksfront»-Aktivistin mit dem klingenden Namen Ylmaz Shulamit Abdel Kader-Habib.

Die helvetischen Genossinnen und Genossen haben mehr oder weniger erfolgreich den Gang durch die Institutionen angetreten, Karriere gemacht wie Waltraut, die Cheflektorin, oder Nischen gefunden wie Schorsch und Buffi. Die RevolutionärInnen von damals sind in die Jahre gekommen. Wie Madeleine haben sie «mit Überschreitung der Lebensmitte das Prinzip Hoffnung in das Prinzip Kompostierung umgetopft» und leben nachbarschaftlich in ihren Single-Haushalten, «was nichts anderes heißt, als dass auch die WG dereguliert worden ist, wie alles im Vaterland». Selbst von den Erfolgen der einstmals Neuen Frauenbewegung scheint - angesichts der Lektüre der «Plurabelle»- nicht mehr übrig zu bleiben als «lauter modisch geläuterte Fräuleins mit ernsthaften Heiratsabsichten», «zukunftsbegabte» «aufrechte Töchter», und höchstens der Fortschritt, dass Madeleine in «ihrem Alter weiß», dass Frau und Mann «keine Symmetrie bilden können».

Isolde Schaads politische und soziokulturelle (Mikro-)Analysen der «ideologisch keimfreien» Gesellschaft an der Jahrtausendwende sind treffsicher, ja mitunter glänzend zu nennen, satirisch und bösartig. Darunter mischen sich neben tragikomischen und bitter-resignativen Tönen durchaus am Prinzip Realismus versöhnte tiefere Einsichten. «Nachbarschaft ist das, was vom politischen Anspruch übrig bleibt. Und gelebt werden kann», folgert die ehemalige Genossenschafterin aphorismusverdächtig. Und hier beginnt auch schon das Problem: Schwergewichtige Sätze wie dieser alternieren mit Sprachspielen und verbalen Demontagen, die Autorin imitiert Lifestyle-Prosa, parodiert, montiert und neologisiert, ohne die Leserin und den Leser zu Atem kommen zu lassen.

Wenn dann eine Kollegin «bei der Hardwarepappe AG» «Mäuse, die ihren Klick ausgehaucht haben, demontieren» muss, wird es allerdings kalauermäßig und maniriert. Bei so viel dekonstruktivistischen Knallkörpern sind eben nicht nur Blindgänger dabei, sondern es ermüden vor allem auch die Sinne ohne die entsprechende Regie bei einer gut 300-seitigen Lektüre. Wie war das? «Wenn das Gelingen am Können läge, hätte ich keine Angst um Sie», hat Adolf Muschg einmal zu Isolde Schaad gesagt. (Margrit Gigerl)

Isolde Schaad: Keiner wars. Roman. 305 S. Zürich: Limmat, 2001. CHF 36.-.

Ausschreibungen und Wettbewerbe

neue-deutsche-Literatur-Preis

Der «neue-deutsche-Literatur-Preis» wird von der Zeitschrift «neue deutsche literatur» (ndl) und dem Aufbau-Verlag für die Kategorie Roman oder Novelle (unveröffentlicht) ausgeschrieben. Er ist mit 10'000 Euro Garantiesumme dotiert und mit dem Abschluss eines üblichen Verlagsvertrags für die Veröffentlichung im Hardcover-Programm der Aufbau-Verlagsgruppe verbunden. Weitere Informationen: Aufbau-Verlag, Neue Promenade 6, D-10178 Berlin, Tel.: 0049 30 28394-0, www.aufbau-verlag.de. Einsendeschluss ist der 31. März 2002.

Sechster Klagenfurter Literaturkurs

Vom 23. bis 26. Juni 2002 veranstalten die Kulturabteilung der Stadt Klagenfurt und das ORF Landesstudio Kärnten den SECHSTEN KLAGENFURTER LITERATURKURS, zu dem maximal zehn Autorinnen und Autoren (unter 35 J.) eingeladen werden.

Geboten werden: Tutorien mit erfahrenen Kolleginnen und Kollegen (Gespräche über den eingereichten Text), Diskussionen zu Bedingungen von Literatur und Schreiben, Möglichkeit, die Tage der deutschsprachigen Literatur (Ingeborg-Bachmann-Preis) als Gast zu besuchen (26. bis 30. Juni 2002). Reisekosten und Unterkunft sowie Verpflegungsgutscheine für die Zeit des Literaturkurses und der Tage der deutschsprachigen Literatur (23. bis 30. Juni 2002).

Die Bedingungen: nicht älter als 35 Jahre (Stichtag: 22. März 2002), mindestens eine literarische Veröffentlichung (deutschsprachig, keine Übersetzung), als adäquate Veröffentlichung gelten Prosaarbeiten in Buchform, Beiträge für im Buchhandel erhältliche Anthologien und Zeitschriften. Als NICHT adäquat gelten Texte, die im Eigenverlag erschienen sind. Von der Teilnahme ausgeschlossen sind Kandidatinnen und Kandidaten der Tage der deutschsprachigen Literatur 2002.

Einreichung und Anfragen: Interessierte schicken eine Textprobe (ausschließlich Prosa) mit einem Schriftgrad von mindestens 12 Punkt im Unfang von maximal 10 Seiten jeweils in sechsfacher Ausfertigung sowie einen Lebenslauf mit Bibliografie und ein Foto in Druckqualität bis spätestens 22. März 2002 (Poststempel) an das Robert-Musil-Literaturmuseum, z.Hd. Dr. Heimo Strempfl , Bahnhofstraße 50, A- 9020 Klagenfurt
klagenfurt@musilmuseum.at,
fon: 0 (0 43) 4 63-50 14 29,
Fax-DW: -1, Weitere Infos unter:
www.musilmuseum.at

Büchergilde-Essaypreis 2002
Alle zwei Jahre schreibt die Büchergilde ihren mit 2500.- Euro dotierten Essaypreis für AutorInnen bis 30 Jahre aus. Das Thema lautet: «Sehnsucht nach Sinn? Lebensziele und Wertvorstellungen im vereinten Europa». Die offizielle Preisverleihung findet im Oktober 2002 statt. Die besten Beiträge werden ebenfalls im Oktober 2002 in einem Band der Edition Zeitkritik erscheinen.

Ausschreibungsunterlagen als PDF-Datei oder per Post bei: Büchergilde Gutenberg, Untermainkai 66, D-60329 Frankfurt,
Tel.: 0049 69 273 90 838,
Fax: 0049 69 273 90 87 638 oder
www.buechergilde.de/php_formulare/essay2002.php. Einsendeschluss ist der 30. April 2002.

Schlachthof-Literaturpreis 2002
«Der Pfefferbeißer», Kategorie: satirische Literatur (unveröffentl.), Motto: Pfeffrig, pfiffig & bissig, Dotation: 5112,92 Euro + Förderpreis: 2556,46 Euro.

Der Schlachthof schreibt zum 4. Mal einen Preis für satirische Literatur aus. Zusätzlich stiftet Random House einen Förderpreis von 2556,46 Euro. Unveröffentlichte Prosatexte von maximal 20 DIN A-4-Seiten Länge schicken an: Theater im Schlachthof, Stichwort «Der Pfefferbeisser», Zenettistr. 9, 80337 München, fon: 0049-89/7470782. Einsendeschluss ist der 2. Juli 2002. Die Preisträgerin/der Preisträger wird im November 2002 geehrt. Die eingesandten Manuskripte werden gemäß Datenschutzgesetz vernichtet.

Die bisherigen Preisträger:
Sobo Swobodnik (1999),
Egyd Gstättner (2000),
Zoedo Rock (2001 Pfefferbeisser),
Guido Rademacher (2001/Förderpreis).

Literaturbüro

Ingrid Fichtner, freie Schriftstellerin und Übersetzerin, Leiterin von Schreibwerkstätten des ARC in Romainmôtier, bietet im Rahmen ihres Literaturbüros Begutachtungen, Lektorate und Korrektorate von Texten aller Gattungen an. Detaillierte Bedingungen auf Anfrage: Ingrid Fichtner, Gladbachstr. 55 / Pf.768, 8044 Zürich, Tel/Fax 01 364 58 47, ingrid.fichtner@switzerland.org

entwürfe an den Solothurner Literaturtagen (10. bis 12. Mai)

entwürfe wird drei Texte von Autorinnen und Autoren auswählen, die dieses Jahr im Offenen Block an den Solothurner Literaturtagen lesen. Diese drei Texte werden im nächsten entwürfe Ende Mai publiziert.

Während der Lesungen des Offenen Blocks am Sonntagmorgen wird entwürfe auch mit einem Büchertisch präsent sein, der von Redaktionsmitgliedern betreut wird. Anregungen, Lob und Kritik sind herzlich willkommen. Das Programm der Solothurner Literaturtage wird unter www.literatur.ch einsehbar sein.

Lektorats-Service

Kompetente und weiterführende Beurteilung schriftdeutscher Texte aller Gattungen durch Fachleute. Eingabetermine zweimonatlich (1.Mai, 1. Juli u.s.w.); das ausführliche, schriftliche Gutachten wird in den folgenden zwei Monaten zugesichert. Preis: CHF 300.-, für Typoskripte über 100 Seiten CHF 400.-. Informationen: Verena Stößinger (verenastössinger@unibas.ch) oder Literaturhaus Basel (info@literaturhaus-basel.ch).

entwürfe: Heft zum Thema «Farbe»

In Zusammenarbeit mit dem forum: claque Baden organisiert entwürfe eine Lesung in Baden. Zu hören sind einzelne Autorinnen und Autoren, die im Farbheft publiziert werden. entwürfe-Gönner sind gratis an diesen Anlass eingeladen. Weitere Infos zur Gesamtveranstaltung zum Thema Farbe unter www.forumclaque.ch.

Gesucht: Hörstücke

«SO 21 Kunstradio» beim Zürcher Lokalradio Lora bietet Autor/innen eine Plattform zur Veröffentlichung eigener Produktionen. Gefragt sind akustisch umgesetzte Texte bis hin zu musikalischen Arbeiten und Live-Radioperformances. Das Programmfenster bietet Platz für Eigenproduktionen und findet jeden Sonntag um 21 Uhr auf 97.5 MHz statt.

Kontakt: SO 21, Reto Friedmann, Edisonstr. 10, 8050 Zürich, rf@klippklang.ch, 01 240 44 29.

Ihre Entwürfe

Wenn Sie uns einen Text senden wollen

Unsere Redaktion arbeitet nebenberuflich und ohne Bezahlung. Wir sind daher auf Ihre Mithilfe angewiesen. Immer wieder erhalten wir Texte erst bei Redaktionsschluss, ohne Diskette und ohne biografische Angaben der Schreibenden.

Bitte senden Sie uns, falls Sie mit Computer arbeiten, Ihre Texte immer sowohl auf weißem Papier in klarer Schrift ausgedruckt als auch auf Diskette (am besten im RTF-Format) oder online. Noch mehr Mühe ersparen Sie uns, wenn Sie Ihre Kurzbiografie gleich mitschicken.

Redaktionsschluss für die nächste Nummer: ein Monat nach Erscheinen dieser Ausgabe. Die Themen der zwei folgenden Nummern werden stets angegeben.

Einsende-Adresse für Texte (sowie Vorschläge für die Rubriken «Fotografie» und «Kunst»): entwürfe, Neugasse 6, 8005 Zürich, Fax: 01/ 273 24 36, E-Mail: redaktion@entwuerfe.ch. Ebenso möglich über die Homepage: www.entwuerfe.ch.

Die Rücksendung der Manuskripte erfolgt nur auf ausdrücklichen Wunsch, und wenn Sie uns genügend Rückporto beilegen. Für unverlangt eingesandte Manuskripte kann die Redaktion keine Haftung übernehmen.

Zum Auswahlverfahren: Wenn mehr als die Hälfte der Literaturredaktionsmitglieder einen Abdruck eines Textes befürwortet, wird dieser in der nächsten oder übernächsten Nummer veröffentlicht. Ansonsten erhalten Sie unsere Absage. Generell bitten wir Sie um etwas Geduld; es kann durchaus mehr als sechs Monate dauern, bis Sie Bescheid erhalten.

Verkaufsstellen

entwürfe kann bei allen Buchhandlungen mit der ISBN-Nr. 3-906729-10-9 bestellt werden.

redaktion

Bei den folgenden Buchhandlungen und Antiquariaten liegt «entwürfe» auf:

3000 Bern: Münstergass AG, Münstergasse 35
3001 Bern: Stauffacher Hanns AG, Neuengasse 25
4001 Basel: Das Labyrinth, Nadelberg 17
4003 Basel: Ganzoni, Spalenvorstadt 45
4009 Basel: Karger Libri AG, Circulation Departement
4051 Basel: Pep- + No Name, unterer Heuberg 2
4603 Olten: Carl Schreiber, Kirchgasse 7
5000 Aarau: Goldenes Kalb, Ziegelrain 4
5401 Baden: Schmid, Bruggerstraße 63
6002 Luzern: Räber Bücher AG, Frankenstraße 9
6004 Luzern: Alter Ego GmbH, Mariahilfgasse 3
7430 Thusis: Kunfermann Lorenz, Neudorfstraße 80
8001 Zürich: Barth Shopville, Bahnhofpassage 11
8001 Zürich: Dangel, Mühlegasse 27
8005 Zürich: Sec 52, Josefstraße 52
8005 Zürich: sphères, Hardturmstraße 66
8024 Zürich: Dr. Oprecht, Rämistraße 5
8025 Zürich: Calligramme, Häringstraße 4
8026 Zürich: Paranoia City, Bäckerstraße 9
8026 Zürich: am Helvetiaplatz AG, Stauffacherstraße 60
8036 Zürich: Bitterli, Erikastraße 17
8621 Wetzikon: Erwin Kolb, Usterstraße 95
8708 Männedorf: Pfister, Kugelgasse 4
D-04103 Leipzig: Deutsche Bücherei Deutscher Platz 1
D-45657 Recklinghausen: Attatroll Buchladen Hernerstraße 16
D-46145 Oberhausen-Sterkrade: Wiebus' Buchhandlung & Literaturdepot, Steinbrinkstraße 249
D-65929 Frankfurt Höchst: Bärsch, Albanusstraße 29

Auslieferung Deutschland
GVA, Postfach 2021, 37010 Göttingen
Tel: 0551/487 177, Fax 0551 41392

Auslieferung Schweiz
AVA buch 2000, Postfach, 8910 Affoltern a.A.
Tel: 01 762 60 40, Fax 01 762 60 65
E-Mail: buch2000@ava.ch

Auslieferung für den Buchhandel
Verlag KONTRAST, Hardstraße 219, 8005 Zürich
E-Mail: verlag@kontrast.ch

entwürfe: lieferbar

1995

01 Junge Literatur aus Deutschland, Österreich und der Schweiz*
02 50 Jahre nach Kriegsende – und kein Ende*
03 Kuba – Nach 36 Jahren Revolution: Neue Literatur von der Insel
04 Luftveränderung – erinnern, aufarbeiten, Neues entwerfen (DDR-Texte)

1996

05 Der fremde Blick
06 Die Stillen im Lande / CH-Werkschau
07 Korrespondenzen
08 Sprachbilder

1997

09 Heinrich Heine
10 Die alten Sachen
11 Doppelgänger
12 Hörtexte

1998

13 Geld
14 CH-Literatur
15 Landschaft
16 Verfassungen

* vergriffen

1999

17 Im Rausch *

18 Erinnerung*

19 Sexualität *

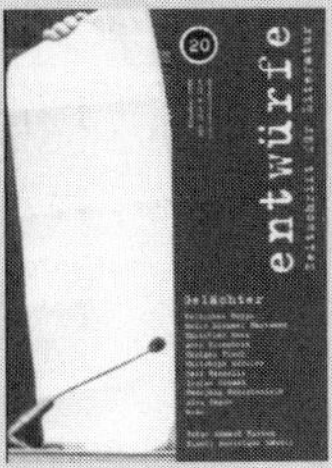

20 Gelächter

2000

21 Rezepte

22 Reisen

23 Sport

24 Post

2001

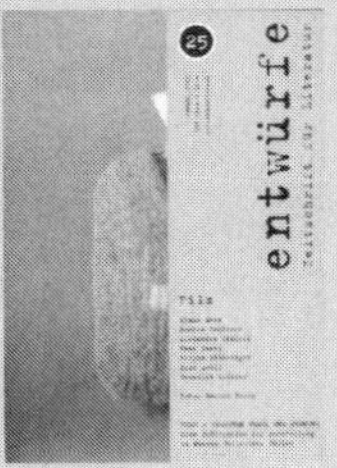

25 Filz

26 Schmerz

27 Mobile Home

28 Echt

Bitte benutzen Sie die beiliegende Bestellkarte, oder schicken Sie einen Fax an:
Sekretariat «entwürfe» 031/300 02 99,
oder bestellen Sie über www.entwuerfe.ch!

Impressum

redaktion

Herausgeber
Verein «entwürfe für literatur», Zürich
8. Jahrgang, Febr. 2002, erscheint viermal jährlich.
11. Jhg. «Entwürfe für Literatur und Gesellschaft»,
15. Jhg. «Zündschrift – Forum für Schreibende»

Literatur-Redaktion
André Bucher (ab), Peter Gisi (pgi), Yasmine Inauen (yi)*, Viola Rohner (rr)*, Michael Schmid (ms), Irene Schroeder (Sch), Bettina Spoerri (bs), Marc Stadelmann (sta), Peter Stamm (ps), Yvonne Stocker (ys)
*verantwortlich für diese Ausgabe

Fotografie-Redaktion
Koni Nordmann

Kunst-Redaktion
Angelica Affentranger-Kirchrath
Nadine Olonetzky

Redaktionsadresse
Neugasse 6, 8005 Zürich
Fax 01/ 273 24 36
E-Mail: redaktion@entwuerfe.ch

Grafisches Konzept
Jean Robert und Käti Durrer, Zürich

Verlag, Produktion, Satz und Bildbearbeitung
Christof Hegi, Verlag Urbane Medien, Zürich
Trix Stäger, Zürich

Korrektorat
sprach.bild, St.Gallen
agentur für kommunikation gmbh

Internet
Christof Hegi, vum! Zürich
www.entwuerfe.ch

Belichtung und Druck
Buchs-Druck, Buchs
Papier: Z-Offset W, ohne optische Aufheller

Preise
Einzelheft: CHF 19.– € 12.–
Abonnement (vier Nummern):
CHF 70.– (Ausland: CHF 90.– € 60.–)
Postkonto: 80-34276-9, entwürfe, 8000 Zürich
Postkonto in €: 91-812625-3, 8000 Zürich

Anzeigenpreise
1/1-Seite: CHF 350.– € 220.–, 1/2: CHF 250.– € 160.–, 1/3: CHF 150.– € 100.–

Abo, Administration, Auslieferung
Sekretariat «entwürfe»
Reichenbachstraße 122, 3004 Bern
Tel. 031 300 02 02 Fax 031 300 02 99
E-Mail: administration@entwuerfe.ch

Auslieferung für den Buchhandel
Verlag KONTRAST, Hardstrasse 219, 8005 Zürich. E-Mail: verlag@kontrast.ch

Dank
Diese Nummer wurde freundlichst und großzügig unterstützt durch **Kulturstiftung Pro Helvetia, Kulturprozent der Migros** (Zürich).

ISSN 1420-3970
ISBN 3-906729-10-9

Dank

Redaktion und Verlag von «entwürfe» möchten sich an dieser Stelle bei den nachfolgend aufgeführten Gönnerinnen und Gönnern herzlich für die Unterstützung bedanken. Sie haben mit Beiträgen zwischen 200 und 1000 Franken wesentlich dazu beigetragen, dass «entwürfe» nicht nur weiterlebt, sondern sich immer wieder verbessern kann.

Avina Stiftung, 8640 Hurden
Rudolf Balmer, 4057 Basel
Stefan Barandun, 8954 Geroldswil
Michael Böhler, 8002 Zürich
André Bucher, 8005 Zürich
Martin Dreyfus, 8803 Rüschlikon
Josef Estermann, 8022 Zürich
Margrit Fässler-Hammer, 2572 Mörigen
Hanspeter Frey, 4132 Muttenz
Martin Fritsche, 8003 Zürich
Jürg Glauser, 8302 Kloten
Sonja Hägeli, 6301 Zug
Patrick Heller, 4600 Olten
H.U.G. 4900 Langenthal
Kulturstiftung des Kantons Thurgau, 8500 Frauenfeld
Dorothee Noever, 5043 Holziken
Marianne Olsen, 8053 Zürich
Ruedi Probst, 4562 Biberist
Jean Racine, 4583 Mühledorf
Iwan Raschle, 8626 Oberottikon
Esther Schmid, 8008 Zürich
Peter Stamm, 8400 Winterthur
Peter Weber, 8003 Zürich
Markus Wieser, 8032 Zürich
Martin Zehender, 8623 Wetzikon

Gönnerin und Gönner kann werden, wem das «entwürfe»-Abo mindestens 200 Franken oder mehr wert ist. Es genügt eine Zahlung auf PC 80-34276-9, «entwürfe», 8000 Zürich.
Sie alle werden zu gegebener Zeit zu einem speziellen Literaturanlass eingeladen.

Der Dank gilt auch all den Mitgliedern des Vereins «entwürfe für literatur», die mit einem Beitrag von 100 Franken nicht nur finanziell zum Überleben der Zeitschrift beitragen, sondern sich auch ideell hinter das Projekt stellen.
Vereinsmitglied werden ist ebenfalls einfach: 100 Franken überweisen auf PC 80-34276-9, «entwürfe», 8000 Zürich.

An dieser Stelle sei auch der **Kulturstiftung – Pro Helvetia** und dem **Migros Kulturprozent** (Zürich) ein besonderer Dank ausgesprochen, denn ohne deren großzügige Unterstützung könnte «entwürfe» nicht überleben.
Ein besonderer Dank gilt der **Georges und Jenny Bloch Stiftung** sowie der **Avina Stiftung,** die «entwürfe» namhafte Beträge haben zukommen lassen.